部
催眠
新妻教師の寝取り方
著:HARE
画:YUKIRIN
原作:extern
オトナ文庫

綾《あや》織《おり》優《ゆ》姫《き》

結婚退職を控えていた英語教師。生徒思いで、ずっと夢だった教員の仕事を心から大切にしていた。催眠によって常識を狂わされたことで、清瀬に性行為の相談をしたりと、徐々に体を開発されてしまう。

清瀬司 きよせつかさ

両親の復讐のため、ある起業家の娘たちを催眠の力で貶めている体育教師。同僚の優姫もまた、憎むべき相手の娘であったため、催眠調教を仕掛けていくことに。

プロローグ **女教師の幸福な記憶**――3
第一章 **もうひとつの報復**――14
第二章 **新たなる教育指導**――64
第三章 **牝教師に変わるとき**――111
第四章 **抑えられない気持ち**――168
エピローグ **新妻教師の幸福な未来**――228

プロローグ 女教師の幸福な記憶

「京弥《きょうや》さん……」

ベッドに腰かけて抱き合っていた私たちは、そのままゆっくりと横たわった。

婚約者である京弥さんは家の仕事を継ぐために、そして私は小さな頃からの夢だった教師になったので互いに忙しい。

だからこそ、大好きな人と共に過ごすことのできる時間を大切にしたい。

「優姫《ゆき》、いいよね？」

「……うん」

頷く私の頬に手を添えると、京弥さんが顔を寄せてくる。

「ん……」

優しいキスに私は身を任せる。

「ん、ふ……ん、ん……京弥さん……」

彼の首に腕を回して、自分から唇を重ねた。

「なんだか、今日の優姫は積極的だね」

「そ、そうかしら？」

そう言われると、途端に照れて恥ずかしくなってしまう。

「積極的な私は、嫌い？」

「そんなことない。すごく嬉しいよ。優姫が自分からキスをしてくれるのは、ちょっと珍しいよね？」

「うう……そうだったかしら？」

京弥さんのことが好きで、嫌われたくなくて、私はすこし臆病だったかもしれない。

「私、本当はもっと京弥さんとキスをしたいと思ってたのよ？」

「だったら遠慮なんてしなくていいのに」

いたずらっぽい笑みを浮かべると、京弥さんが自分の唇を指先でちょんちょんとつつく。

「…………もう一度？」

「うん、もう一度してほしいかな」

笑顔でねだられて、さっきと同じように京弥さんにキスをする。

「んふ、ちゅ、む……んんっ⁉」

京弥さんの舌が私の口の中へ入ってくる。

上あごを舐められて、舌を絡め取られる。どうにか応えようとしても、いつも彼に好きなようにされてしまう。

「ん、は……京弥さ……んっ、んふ、ちゅ……」

「キスだけじゃ足りない。優姫の全部……感じたいんだ」

吐息さえも逃さないような深く激しいキスと共に、京弥さんが指先で私の体の形を確かめるように優しくなぞっていく。

恥ずかしくて、くすぐったくて……でも、気持ちがいい。

「は、あ……ん、あ……ん、ふぁ……！」

たまらずに甘い声を上げると、まるで何かのスイッチが入ったかのように、京弥さんの愛撫がいっそう激しくなっていく。

大きな手が全身を撫で、お尻を揉みしだき、乳房を捏ねる。

「んっ、ん、ぁ、あ、京弥さん、そんなにされたら声……我慢できない……んっ」

「我慢なんてしなくていいよ。優姫の声、もっと聞かせて」

私の嬌声を引き出すように、敏感なところを優しく、そして休みなく刺激してくる。

「はあ、はあ……んんっ♥　あ、はぁ……京弥さん、おっぱい、そんなにされたら……んんっ」

恥ずかしくてたまらないのに、体がどんどん熱くなって、頭がふわふわしてくる。

「優姫は感じやすいな。胸だけじゃなく、こっちも……こういうふうに触られるのが好きれる。


だよな？」

太ももをひと撫でされたかと思うと、続けて恥ずかしいところを指でなぞられる。

「んあぁっ♥　あ、や……んんんっ！」

割れ目を左右に開かれて敏感になっている入り口を撫でられ、クリトリスを軽くつままれる。

どうしようもなく気持ち良くなって、腰が勝手に跳ねる。

「んふっ！　あ、あ、や……そこ、あまり弄らないで……はぁぁんっ♥」

「本当に弄らないほうがいいのかな？」

「わかってるくせに……いじわる」

「ごめん、ごめん。優姫があんまり可愛かったから」

ずるい。そんなことを甘く囁かれたら、たまらなくなってしまう。もっと、もっとしてほしくなってしまう。

「でも、本当に弄らないでほしいのかな？　優姫のここ、熱くなってすごく濡れているみたいだけれど？」

ゆっくりと指が私の中へと入ってくると、くちゅりと濡れた音が聞こえてくる。

「は、あ、あ、ん、くぅ……ふ、あぁぁ……」

お腹の奥がきゅうっと切なくて、熱くて、どうにかなってしまいそう。まるで自分の体が自分のものじゃなくなってしまったみたい。

「ん、はあぁ……お願い、京弥さん。私、もう……平気、だから……して」

「……いいのかい？」

「うん。だから……」

京弥さんは頷くと、私の足の間に腰を入れ、硬くなったものをアソコにあてがった。

「あ……」

熱い。

彼は硬くなったものを、ゆっくりと何度も擦りつけ、そして――。

「ん……くぅ……は、あ……京弥さん……ん、入って、くる……ん、あふっ」

私にとっては京弥さんが初めての人。彼とこういう関係になってからは月に2、3回くらいの頻度でしているけれど……。

「あ、はあぁ……♥」

最初の頃は彼に抱かれるたびに痛みを感じて、セックスをすることが苦痛だったけれど、今はもうそんなこともない。

「動くよ、優姫」

そう言うと、京弥さんが腰を動かし始めた。最初はゆっくりと、小刻みに。そして段々と大きく速い動きへと変わっていく。

「んっ、んっ、あっ、あっ、んっ、はあ、はあ、はあ、ん、はあ、はあ……」

彼の動きに合わせて前後に揺れるおっぱいを揉まれ、乳首を弄られる。

「あ、は……あんっ、あっ♥ あっ♥ んあっ、あっ♥ んくっ、あ、んっ、はぁあんっ！」

彼のものが体の中を行き来するたびに全身がどんどん熱くなって、頭が痺れたようになる。

「優姫、大丈夫？」

「あ、ふ……。うん、平気……。京弥さん、気持ちいい？」

「ああ。すごく気持ちいいよ」

「ふふっ、よかった。すごく嬉しい」

もっと彼に喜んでもらいたい。

もっと彼に気持ちよくなってほしい。

「はっ、はっ、ん、あ……京弥さん……んっ、ん、あ……京弥さん……！」

京弥さんの息が荒くなっていく。

私のアソコを彼のが出入りするたびに、ズンズンと深い場所を突かれるたびに、全身が熱くなっていく。

「はっ、はっ、イク……優姫、僕……そろそろ……！」

硬くて大きな彼のものが、お腹の中でビクビクと震える。

京弥さんがイキそうになっている。

「うん、いいよ……京弥さん、京弥さん……！」

彼の背中に腕を回して、しっかりと抱きつく。

「う……くっ。優姫のアソコ……すごく、締まる……！」

京弥さんが気持ちよさそうに目を細めると、ぐっと腰を密着させてくる。

「優姫……！」

腰が密着すると、京弥さんが小さくうめいた。

「あ、んん………！　京弥さぁん……」

彼が私の中で達したのを感じて、ゾクゾクした快感が体を満たす。

「はあ、はあ、あ、ふ……京弥さん……」

快感の余韻を味わうように、京弥さんがイッた後も私たちは抱き合ったままでいた。

乱れた髪を優しく撫でてくれる指の感触が気持ちいい。

「京弥さん……愛してる」

「優姫、愛してる……」

京弥さんに優しくキスをされて、ぎゅっと抱きしめられる。

セックスはまだすごく恥ずかしいけれど、彼にこうして抱かれるのはとても気持ちいい。

心が満たされ、愛されていると感じる。

　でも、だからこそ彼に対して申し訳ないと思う気持ちは大きくなる一方だ。

「……ごめんなさい、京弥さん」

「うん？　どうしたのかな？」

「あの……私、まだ恥ずかしくて……何もできないままでしょう？」

　彼に求められるままに受け入れるだけ。京弥さんが悦ぶようなこともしたいと思っているのに。

「いいんだよ。優姫はまだ、あまり慣れていないことも、そういうことに抵抗があるのはわかってるから」

　京弥さんは優しい。いつも私のことを考えて、私の欲しい言葉をくれる。

　だからこそ、いつまでも甘えたままではダメだと思っているのに……。

「夫婦になるんだ。ゆっくりとやっていけばいいさ」

「……うん」

　こうして彼の胸に抱かれていると安心する。すべてを委ねてしまいたくなる。

　でも……このままじゃいけないと、そう思っている。

「仕事、今も忙しい？」

「え？　う、うん。まだ新任だけれど、やることも多くて」

「そっか。あまり無理をしないようにな」

「それは京弥さんもでしょ？　お父様の会社を継ぐために、すごく忙しいって聞いてるわよ？」

「僕は大丈夫だよ。子供の頃からそういうものだと思っていたから。それに、優姫と結婚するためにだからね」

「……うん。ありがとう」

「ねえ、優姫。お父さんたちはどう？　まだ、教師を続けることを反対している？」

「ごめんね、京弥さんにも迷惑かけて。お父様たちも、あまりいい顔していないわよね？」

彼の家は、由緒正しい旧家の一つだ。

家格的にも、妻が仕事をすることに親族があまりよい顔をしない。

だから、本当は少しでも早く結婚をして、私が『家』に入ることを、お互いの両親が望んでいるのはわかっている。

「来年の新学期には退職するんだし、そのくらいなら待たせても大丈夫だよ。僕は優姫がしたいようにすればいいと思っている」

「私、わがままを言ってばかりね」

「ワガママじゃないだろ。教師をやるのは優姫の夢だったんだろう？　誰がなんと言おうと、僕は応援するよ」

「ありがとう、京弥さん」

「それに、子育てが一段落したら教職に復帰するつもりなんだよね？」

「できれば、そうしたいんだけれど……お父様たち、嫌な顔をしないかしら？」

「親父たちには口を挟ませないよ。優姫の夢を知った上で、プロポーズしたのは僕なんだから」

私の仕事に理解があって、優しく、家柄も良い婚約者。ひいき目になるかもしれないけれど見た目も素敵だと思う。

家同士のつながりのために、両親に紹介された相手。最初は反発もあったけれど、今では彼がいない生活なんて考えられない。

「京弥さん、愛してる」

きっと今、私の顔は真っ赤になってる。顔を見られるのが恥ずかしくて、京弥さんの胸にぎゅっと抱きついた。

「僕も愛してる」

第一章　もうひとつの報復

「清瀬《きよせ》先生、お味はどうですか?」

「うん。とても美味しいよ」

日当たりもよく、居心地のいい屋上。そこで私は教え子のひとりである芳谷明日美《ほうやあすみ》くんと向かい合って座っていた。

手には彼女が作ってきてくれた弁当。独り身にはとてもありがたく、厚意に甘えさせてもらっている。

本来は教師たるもの、特定の生徒と必要以上に親しくしてはならないが、私には別の目的があるからだ。

そう——両親を追い込んだ人間への報復だ。

かつて私の両親は小さな会社をやっていた。特許をいくつか持っていたことと、特殊な技術が必要なこともあり、仕事は順調だった。だが、平穏な日々は簡単に崩れさった。

自ら命を絶つほど追い込まれた両親が、それでも最後に願ったのは私の幸せだった。

二人が先立った直後は後を追うことを考えることもあったが、両親の言葉を胸に苦難を乗り越え、今では教師となった。

仕事は忙しいが充実した毎日を送っていた。しかしそれも、教え子の中に両親の敵である企業、その中枢である者たちの関係者がいるのを知るまでだった。

私の憎むべき相手、それは誰もが聞いたことのある日本有数の企業の『鷹槻《たかつき》』、『日樫《ひがし》』、そして――『芳谷』だ。

今、私と共に昼食を摂っている明日美くんは芳谷家の娘だ。彼女自身は私の両親の死にまったく関わっていないのはわかっている。

しかし、報復の対象の一人であることには変わらない。

「とても美味しかったよ。では、いつも通りに始めようか」

「え？　いつも通りですか？」

「ああ、これを見てもらえるかな？」

私はポケットからスマホを取り出すと、催眠用のアプリを起動させた。

聞き取れないような特殊な音に、催眠の導入を促す言葉が組み込まれている。

「あ……」

たちまち瞳の焦点が緩み、表情が虚ろになる。

「明日美くんは催眠術にかかることが気持ちいい。もっと何度もかけてほしい。そうだね？」

「は、い……。さいみんじゅつ……気持ちいい……もっと、してほしいです……」

明日美くんは、体をゆっくりと左右に揺らしながら独り言のように答える。

導入と解放を繰り返し、より深く催眠に落としていく。

「さあ、今日もいつものように、君のすべてを見せてもらえるかな？」

私の指示に従い、それが当たり前のことであるかのように明日美くんは制服を脱いで全裸になる。

「では、まずは人前でのオナニーの練習からしようか」

「わかりました。それでは……見ていてくださいね」

自らの秘唇の左右に指を添えてくぱっと開くと、薄もも色の粘膜はすでに愛液で淫らに濡れ光っていた。

「ん、ふ……」

明日美くんは割れ目を軽く何度か擦ると、包皮越しにクリトリスを撫で始めた。

「あ、ん……ここ、クリトリスを弄ると、とっても気持ちいいんです……は、あんっ♥」

力ある企業を相手に、個人でできることなどたかがしれている。だから私が選択したのは、各家の娘たちを淫らに堕とし、彼女たちの家族にダメージを与える方法だった。

「では次は――」

「清瀬先生、それに芳谷さん……こんなところで、いったい何をしているんですか⁉」

唐突に駆けられた声に驚き、振り返る。

「綾織《あやおり》先生……？」

いつの間にか後ろに立っていたのは、同僚の教師である綾織優姫だった。

「んっ、あ、は……何って、オナニーです。私、人前でオナニーをする練習を、清瀬先生に見てもらっているんですよ……あ、ふっ♥」

失敗した。まさか見られるとは。教師以外は許可がなければ屋上へ入れないと考えていた。そこに油断があったようだ。

とりあえず現状をどうにかしなくてはならない。

「明日美くん、キミは私との食事を終え、いつも通りに楽しく過ごした。私以外の誰とも会わなかった。さあ、今日はもうオナニーをやめて教室に戻りなさい」

「は……い。教室に、戻ります……」

感情の無い口調でそう呟くと、彼女は身だしなみを整えると、雲の上を歩いているかのようなふわふわした足取りで立ち去った。

「……今のは、なんですか？」

こちらを警戒しながら綾織先生が問いかけてくる。

とりあえず、彼女には催眠をかけて忘れてもらおう。

「これを見てもらえればわかりますよ」

スマホのアプリを起動して見せると、綾織先生の目が虚ろに変わる。

「あなたは何も見なかった。ここには誰もいなかった。さあ、昼休みも終わります。戻りましょう」

これで取りあえずは大丈夫だろう。今後はもっと慎重にやらなくてはいけないな。

「清瀬先生。それで芳谷さんに何をしようとしていたんですか？」

「な……!?」

催眠にかかっていなかったのか？　いや、たしかに催眠状態になっていたはずだ。

「綾織先生、もう一度、これを見てください」

再びアプリで催眠をかける。今度こそ完璧にかかっているはずだ。

「綾織先生、あなたはここで見たことを忘れる」

「そんなこと、できません」

虚ろな表情のまま、彼女が反論をする。

「これは……驚いたな」

催眠にかかっているのに、こちらの指示に従わない。

不完全にかかっているのか……？　だとしたら別のやり方ではどうだ？

「綾織先生。私と芳谷くんが屋上にいたことを他人に話すと『彼女に迷惑がかかるので、自分の心に留めて』おいてください」

「……そのほうが、いいでしょうね」

どうやら今度はうまくいったようだ。とはいえ……やっかいだな。

今の反応を見るに、記憶に影響するような命令や彼女が強く拒絶するような内容の催眠には従わない可能性が高い。

今後も、何度か催眠をかけて私の邪魔をしないように誘導をしておく必要がありそうだ。

報復を始めたばかりだというのに、やるべきことが一つ増えてしまったようだ。


「芳谷さん、本当に何か困っていることがあるのなら、私が相談にのるわよ？」

翌日。綾織先生への対処をどうするか悩みながら廊下を歩いていたところ、ちょうど彼女の声が聞こえてきた。

「え、ええ。ありがとうございます。でも、今は特に何もありませんから」

話している相手は、明日美くんか？

足音を殺して近づくと、私は二人の様子をうかがう。

「何もないって……昨日、清瀬先生と屋上であんなことをしていたじゃない」

「え？　綾織先生、見ていたんですか？　あの、清瀬先生に迷惑をかけたくないので、内緒にしていただけますか？」

「迷惑って……。あの人にあんなことをさせられているのに？」

「あれは、私が好きでやっていることです。清瀬先生に強要されたことなど一度もありません」

「で、でも、あなたのような子が、あんな恥ずかしいことを？」

「恥ずかしい……？」

「そ、そうよ。男性の前で裸になって、その上――」

「ま、待ってください、綾織先生。何をおっしゃっているんですか？　私が清瀬先生にお弁当を作っていることを話しているんですよね？」

「芳谷さん、覚えていないの？」

「あの……何をでしょうか？」

おずおずと尋ねる綾織先生に、明日美くんが戸惑いながら聞き返す。

ここまでか。これ以上は彼女への催眠に影響が出かねないな。

「やあ、二人で何の話をしているんですか？」

声をかけると、明日美くんは笑顔を、そして綾織先生は対象的に嫌悪の表情を浮かべている。

私は二人に近づくと、同時に催眠をかけた。

「明日美くん、綾織先生との話は終わったから、もう戻ったほうがいい」

「……はい、戻ります……」

明日美くんが立ち去った後、口止めを兼ねて、もう一度しっかりと綾織先生に催眠をかけた。

「綾織先生、今のことでお話があります。少し、よろしいですか？」

「私もあなたに言いたいことがあるので、かまいませんよ」

本当に催眠にかかっているのか疑いたくなるほどに彼女の態度は変化がない。

「では、こちらへ。他の人に聞かせるような話ではありませんしね」

ひと目につかない場所へと移動すると、さらに催眠を重ねる。

「綾織先生、彼女のためにも黙っていてほしいとお願いしたはずですよね？」

「だから……誰にも言っていないわ……」

「明日美くんに話をしていましたよね？」

「当事者ならば、問題ないはず……それに、彼女を放ってはおけないから……」

なるほど。そういう解釈をしていたのか。

「彼女のことはしばらくそっとしておきましょう。余計なことを言って傷つけたりしたくないでしょう？」

「しばらく……そっとしておく……」

「そうです。教師が生徒のことを知ろうとするのは悪いことではありませんが、あえて距離をおくのも重要なことです」

「は……い……」

どうやらうまくいったようだ。後は様子を見ながら、催眠を重ねていくしかない。

「それにしても、綾織先生はどうして明日美くんのことをそんなに気にしているんですか？」

「生徒のことを心配するのは教師として当然です……芳谷さんの実家が、婚約者の少し遠い親戚で、私の家とも仕事をしているから……」

明日美くんの家とつながりがあるのか？

「綾織先生、清瀬産業という名前に覚えはありますか？　もし忘れていたとしても、聞いたことがあるのなら鮮明に思い出せますよ」

無言のまましばらく考えていたかと思うと、口を開いた。

「父が、昔……話をしていたことがありました。『鷹槻』さんのところから、仕事を受けて……後始末をした、と……」

私はその言葉に衝撃を受けた。勢いこんでさらに問いかける。

「綾織先生、あなたの家は『鷹槻』とも関わりがあるんですか？」

「はい……。曾祖父の代から……お世話になっていて……今も、仕事を受けています……」

「あなたの婚約者の家は？　そちらも清瀬産業に関わっていたことがありますか？」

「関わっていました」

他人の家のことだ。しかも状況を考えれば軽々に話をするような内容じゃない。そう思っていたが、綾織先生はあっさりと認めた。

「ど、どうして……どうして、そんなにはっきりと言えるんですか？」

「私の父と、彼の父がそこで知り合ったからです。その縁で、私と彼は付き合うようになりました」

そうか。そうだったのか。綾織優姫も私の報復の対象だったというわけだ。

「……今、あなたが一番、気にかかっていることはなんですか？　どんなに話しにくいことでも、答えてください」

眉を寄せ、苦しげにうめく。催眠のかかりが甘いのか、彼女がよほど触れられたくないことなのか、口を開いては閉じることを何度もくり返している。

「大丈夫ですよ。教師同士ですから悩みの相談にのれますし、他人に簡単に言えないのは、私もよくわかっていますから」

催眠をかけながら、ゆっくりと低めの声音で安心させるように告げる。

「そ、う……ですね……教師同士……他人に言えないこと、わかってる……」

記憶や肉体を操るのは未だにうまくいってない。しかし彼女の常識や考え方にそった言い回しに、こちらの指示や思考を混ぜこむように話すと効果があるようだ。

「いつも京弥さんに……甘えてばかりで……」

「京弥というのは、芳谷の親戚でもある、婚約者のことですか？」

「はい……そうです」

「甘えてばかりと言いましたが、どんなことについてですか？」

「結婚を待ってもらい……教師をするために、両親の説得を手伝ってもらいました。そして……」

最後の一つは言いにくいのか、躊躇うように何度も口を開いては閉じる。

「あなたの婚約者は素晴らしい人なんでしょうね。でも、完璧な人間はいません。そして私が男だからこそわかることもあります。教えてもらえますか？」

「完璧な人間はいない……男だからわかること……」

「そうです。男同士だから、男にしかわからないことだってあります。あなたの悩みは、そのことかもしれません」

「………京弥さんが私との……満足、してくれているのか……不安で……」

「彼が自分とのセックスで満足していないかもしれないと思っている。もしかして、セックスの時に相手に任せきりで、何もしていないんですか？」

「あ……私……よく、知らなくて……いつも、京弥さんに……してもらう、だけ……」

どうやら核心に触れたようだ。

「あなたは彼に何もできない。だから、いつか嫌われてしまうかもしれない、そのことで捨てられるかもしれない。そう思っている」

ネガティブな言葉を強調しながら聞き返す。

「彼は、そんなことくらいで私のことを嫌ったり、捨てたりなんてしませんっ」

不安の裏返しなのか、まるで正気の時のように怒りを滲ませた口調で言い返してくる。

「そうですね。だからこそ、不満があったとしても、あなたが大切だから何も言わない。自分がしてほしいと望んでいても、あなたに無理をさせたくないから、我慢している。あなたのために、あなたのせいで」

「私のため……私のせい……」

間違いない。彼女は婚約者に甘えていることを、愛されなくなることを、そしてその存在を失うことを恐れている。

「そうです。男は好きな女性が相手だからこそ、したいこと、してほしいことがあるんですよ」

「したいこと……してほしいことがある……」

私の意見は彼女にとって、ずっと気にかかっていたことなのだろう。だからこそ、否定もせずに受け入れていく。

「あなたは婚約者のことをとても愛しているんですね」

「はい……京弥さんのこと、愛しています」

「彼もきっと同じようにあなたのことを愛している。けれども、小さな我慢や不満は、いずれ大きな亀裂となって関係を破綻させることになる」

彼女の不安をあおり、恐怖を与え、催眠の影響下へと落とすために深々と楔を打ちこむ。

私はスマホで催眠をかけ続け、さらに暗示を重ねていく。

「京弥さんは……違い、ます……」

「ええ。あなたの婚約者はそうならないかもしれない。でも、そうなるかもしれない。だからこそ、彼に相応しい女性とならなくてはいけない。彼に愛し続けてもらうためにも」

「相応しい女性……愛し続けてもらうため……」

「相談したのが私でよかったですね。男だからこそ、男の求めることがわかる。婚約者の求めていることを教えることができる」

「求めることがわかる。教えることができる……」

「ええ。私の言うことを、あなたはおかしなことだと思うかもしれませんが、男じゃないから『理解できない』んです。言うことを聞いて、婚約者にためしてみればいい。事実かどうかすぐにわかるでしょう？」

「そう……ですね……」

弱みを探るように、さらに彼女から婚約者との性生活のことを聞き出すと、本当に男に任せきりのようだ。俗に言うマグロだろう。

「フェラチオどころか、手コキさえもしたことがないんですね……なるほど、それでは不安になるのも当然ですね」

彼女の不安を膨らませ、そこを突いていく。

「京弥さんが望んだこと、なくて……それに、やり方がよくわからなくて……」

「やり方さえわかれば、彼にしてあげたいとは思っているんですね？」

「…………はい」

恥ずかしげに頬を染めながらも、彼女は私の質問にはっきりと答えた。

「では、奉仕の仕方を覚えましょう。恋人同士なら普通にしていることですから」

「恋人……普通に……している……？」

「もちろんです。フェラチオをされるのを嫌いな男はいませんよ。彼女が自分のために、そんなことまでしてくれると驚き、喜ぶはずです。それに、愛している相手とならば、女性のほうも気持ちよくなり、とても幸せな気分になれます」

「そんなこと――」

「したことがないんだからわかりませんよね？　それも、すぐに理解できるようになります。婚約者に喜んでもらうためにも、まずはしっかりと練習をしましょう」

「京弥さんに喜んでもらえる……れんしゅうをする……」

「私はそれなりに経験もあります。技術的な指導もできます。失敗しても婚約者に知られずにすみますよ」

「京弥さん以外の人になんて、嫌です」

はっきりした拒絶。どうやら、ここは抵抗があるようだ。

「婚約者のためなのにできないんですか。彼を喜ばせてあげたいという気持ちは偽りですか。あなたの目の前に協力してくれる男がいるというのに……やはり、本当は彼に甘えて、してもらうだけでいたいんですか」

彼女に考える間を与えないように、畳みかけるように言葉を重ねる。

「ちがう……ちがう、ちがう……私……本当に京弥さんに喜んでもらいたい……」

「だったら、できますよね？　安心してください。そこに愛がなければ、それは練習でしかなく、フェラチオではありません。あなたがフェラチオをするのは婚約者だけです」

「…………………わかりました」

彼女の中でどのように折り合いがついたのかはわからないが、私の提案を呑むことにしたようだ。

わずかとはいえ、今までよりも催眠に深くかかっているようだ。

「婚約者のための練習ですし、雰囲気を出したほうがいいでしょう。彼は普段、綾織先生のことをどう呼んでいるんですか？」

「優姫、です」

「では、私も綾織先生のことを優姫と呼びます。そのほうが婚約者を相手にした練習らしいでしょう？　もちろん、普段はちゃんと名字で呼びますから安心してください」

「はい……わかりました……」

普段の彼女ならば、名前で呼ぶことなど馴れ馴れしくしないでと言うだろう。今は婚約者のためにしていることだ。私の提案を簡単に受け入れた。

さて、次の段階だ。

「まずは、何が悪いのか確かめるためにも、自分の知っている範囲でやってみてください」

優姫は椅子に座っている私の足の間に跪くと、そのままズボンに手をかけ、ペニスを取り出した。

「……っ」

一瞬、その秀麗な顔に嫌悪の色が滲む。

「どうしたんですか？　これは婚約者のための練習なんですから、失敗を恐れることはありません」

「ん……京弥さんのための、練習……そう、ただの練習」

「そうです。では、始めてください」

おそるおそるという感じで竿をゆっくりと掴み、キスをするように亀頭に軽く唇が触れた。

「ん……ちゅ……」

舌を上下に動かす。気持ちの入っていない単調な動きだ。感じる場所、やり方、力加減、その全てがなっていない。

「まったくなっていませんね。練習無しで婚約者にしなくてよかったですね。きっと不満を感じることになったでしょう」

「京弥さんは、そんなこと――」

「言葉ではなくとも、態度に出ていたんではありませんか？」

はっきりと否定はできないのだろう。優姫は返答を濁した。

「いいんですよ。そのために、こうして練習をしているんですから。では続けてください。口を大きく開いてチンポを――」

「そういう下品な言い方をしないでください」

「下品な言い方というと……チンポのことですか？」

「そうです。京弥さんは、そんなことを一度も言ったことはありません」

顔を真っ赤にして抗議してくる。まるで未経験の処女のような初々しい反応だ。

「そう言われても……チンポというのは当然ですよ。まさか他の言い方をしているんですか？　そのほうが下品で恥ずかしいのに？」

「え……他の言い方のほうが、下品なんですか……？」

「口だってそうです。チンポを咥えた瞬間から、口マンコと呼ぶべきなんですが、知らなかったんですか？」

「そんな卑猥な言い回しなんて聞いたこともありません。清瀬先生、おかしいです」

……簡単には信じないか。まあ、これは遊びのようなものだ。時間をかけてジワジワ慣らしていけばいい。

「そのことは今はおいておきましょう。とりあえず続けましょうか。口を大きく開いて、チンポを咥えてください」

私が言い回しを変更することがないとわかったのか、優姫は内心の不満を表情に滲ませながらも指示に従う。

「あ、む……」

亀頭を咥えただけ。しかも、舌にはできるだけ触れないようにしている。

嫌々やっているというのがはっきりと伝わってくる。

「男性器に対して嫌悪感があるようですね。だったら、よく見なくてもいいように、目を閉じてみてください」

優姫が目を閉じたところでスマホを取り出し、催眠音声を流す。

ただ催眠に抵抗があるのならば、自主的に受け入れるように状況をつくり、従うことが快感となればいい。

「優姫、あなたは婚約者のチンポを気持ちよくしたい。彼に射精してもらうことこそが喜びです」

アプリの力で彼女に暗示を植え付けていく。

「チンポを舐めることもしゃぶることも、誰もがやっています。婚約者が相手ならなおさらです。愛する人のためにしていることです。嫌悪感なんてありません。そうでしょう？」

「あいひゅるひろのはめ……ん、ふ……」

「わかったのなら、そのまま舌を使って先端を舐めまわし、唇で全体を締め付けながら頭をゆっくりと前後に動かすんです」

「ちゅ、む……れる……ちゅ、ちゅく……」

指示した通りに優姫は舌を使い、唇でペニスを擦る。

「ああ……とてもいい感じですよ。すごく、気持ちいい。これなら、きっと婚約者にも喜んでもらえるようになりますよ」

優姫の髪を優しく梳きながら褒める。自ら望んでしていることではなくとも、褒められれば悪い気はしないものだ。

「んじゅっ……ん、ほんろう、れふか……？」

ペニスをしっかりと咥えこんだまま、優姫が上目遣いに聞いてくる。

「ええ。あとは、もっと唾液を塗りこむように舌を這わせ、いやらしく音を立てるとより いっそう良くなりますよ」

「じゅちゅ……じゅるっ、ちゅ……ん、ふ……んんっ、ちゅる……れる、れろ、じゅちゅ、ちゅぐ」

　舌が竿を這い、カリをなぞっていく。ぎこちないながらも熱心に口唇奉仕をする。

「お、おお……。やればできるじゃないですか。これなら、婚約者も喜んでくれますよ」

「きょうやはんも……よろこんれふれる……」

「実際にしてみてわかったでしょう？　そんなに嫌がるようなことではないと」

「んっ、ちゅ……ぷあっ。嫌なのは、あまり変わらないです」

「それはおかしいですね。フェラチオは好きな人とするキスのようなものです。それは嫌なことじゃない」

「キスのようなもの……嫌じゃない……」

「ええ。唇でチンポを擦ると、とても気持ちよくなる。幸せを感じる」

「気持ち……よくなる……幸せ……」

「さっそく試してみましょう。唇でチンポの張りだした場所……カリを擦ってみてください」

「ん……ちゅ、む……」

「いいですよ。そうして頭を動かしながら、たっぷりと唾液を塗した舌を伸ばして、チンポの裏側にある筋の部分を舐めて」

「れろ……ちゅ、れろ……ん、れろ……」

「そう。とても上手ですよ。次は、円を描くように舌を使い、表面だけでなく裏側も使うようにして亀頭を舐めてください」

「れる……れろっ、んふ、ちゅ、は……ちゅ、ん、ふ……」

「やり方はわかってきましたね。では、次は自分で考えながらしてみてください」

「ん……れる、ちゅ、む……れる、ちゅ、んっ、んっ、じゅぷ、ちゅぐ……」

教えた通りに亀頭を舐め、裏筋に舌を這わせ、鈴口をつつき、カリを扱く。

「ああ……気持ちいいですよ。優姫も、フェラチオをするのが楽しくなってきませんか？」

「ふぁんらこと、ありまふぇん……ん、れる、れろろっ、ん、ふ……」

催眠状態と正気の狭間。どこかぼんやりとした眼差しのまま、優姫は私の言葉を否定する。

だが、多少なりとも感じているのだろう。頬は上気して赤く染まり、目尻はとろりと下がっている。

「んっ、んじゅっ、じゅぷっ、ちゅぐっ、んっ、んっ、んふっ、んんん！」

艶やかな唇でペニスを扱くたび、口の端からだらだらと涎がこぼれていく。

だが、優姫は気にした様子もなく、さらにフェラチオに没頭していく。

「ちゅぐっ、ちゅぶっ♥ んふっ♥ んっ、んっ、れるるっ、じゅるるっ、ちゅぱっ、ちゅぐ、んっ♥ んっ♥、んふぅ……！」

「う、く……優姫、相手の喜びはあなたの喜び。相手の快感はあなたの幸せになる」

「ん、ひやわへ……ん、れる、れろっ、れるっ、ちゅ、ちゅむ……」

優姫は頭を前後する動きを速めていく。

「く……！　そろそろ……出ます。射精をされるのは、自分のテクニックで相手が達した証。だから……とても嬉しくなる」

「れる、れろっ、んっ♥ しゃへい、はれる……んっ、んっ、うれひ……ちゅ、ちゅむ、んふぅ……♥」

「もう……出る。優姫、吸い付きながら、舌を激しく使って！」

「んぷっ、じゅるるっ、ちゅううっ、ちゅぐっ、んっ♥ んっ♥ んっ♥ んふっ♥ じゅぷ、じゅっ、じゅうううっ♥」

「う、ああ……！」

頭に手を置いて動きを抑えると、優姫の喉奥深くへとペニスを突き入れた。

びゅくんっ。どぴゅっ、びゅるるるっ、どぴゅうっ！

「んぐぅ⁉」

勢いよく精液が迸る。苦しげに眉を寄せる彼女に構わず、最後の一滴まで口内へと射精する。

「んぐっ、ぐうぅっ、んんんんっ！」

射精の余韻を味わいながら優姫の頭をゆっくりと前後に揺すり、満足してから彼女を解放する。

「うぇ……うええ……」

「吐いたりしたら、ダメじゃないですか」

吐き出そうとする優姫の顎に手を添えて顔を上向かせると、催眠を重ねる。

「それはあなたのフェラチオで相手が気持ちよくなった証ですよ。その味も、匂いも、感触も、優姫にとっても嬉しいものでしょう？」

「あ……うれひいもの……？」

「そうです。じっくりと匂いを嗅いで、舌に絡めるように味わってください」

「しょんらこと、ひたくありまへん」

催眠状態のはずなのに、あっさりと拒否されてしまった。こういう時は婚約者のため、愛する相手のためという理由を付けてやればいい。

「それが婚約者の精液でも？　愛する相手の精液ならば、受け入れられるはず……いえ、受け入れるのは当然のことじゃないですか」

「きょうやはんの……うけいれるの……とうぜん……」

効果はてき面だった。彼女はもごもご舌を動かし、私の精液を味わい始めた。

「ん……へんらにおひ……にがくへ……なんらか、ねばねばひてまふ……」

「いいですよ。口を開いて、舌を動かしているところを見せながらしてください」

「ん……んむ、ちゅ、れろ……ちゅ……」

「十分に味わったら、そのまま全てを飲んでください」

「のむんれふか……？」

優姫は眉根に皺を寄せた。初めての精飲だ。抵抗が大きいのも当然か。

「そこまでしないとフェラチオをしたことになりませんよ？」

彼女は目を左右に揺らし、しばらく悩んだ後にこくりと喉を鳴らして精液を飲み込んだ。

「ごく、こく……ん……ふぁっ、はあ、はあ……」

飲み干してから、口を大きく開いて息を荒げている。

「よくできました。さすがですね。これなら婚約者もきっと喜んでくれるでしょう。それに……優姫も、嫌じゃなかったでしょう？」

「そんなことありません。やっぱり、精液の味も匂いも、ねばつく感じも、あまり好きじゃないです」

「繰り返していくうちに、少しずつ慣れますから」

　最後にもう一度、アプリを使って彼女に追加で暗示をかける。

「フェラチオをして出してもらった精液は美味しい。射精してもらえると嬉しい。口いっぱいに味わうと幸せになる」

「おいしく……ない……しあわせ、なんて……」

「相手が私だから今はわからないかもしれません。でも、何度も『練習』すれば、婚約者には及ばなくとも、気持ちよくなります。それがわかるまで繰り返しましょう。このことは誰にも言いません。いくらでも付き合いますから。優姫だって秘密にしたいでしょう？」

　彼女に反論の間を与えないように言葉を並べる。

「では、また『練習』をしましょう」

「あ………は、い……」

　彼女は虚ろな瞳のまま、こくりと頷いた。


　優姫にフェラチオの練習をさせるようになってから十日ほど経った。

　まだ生徒たちのほとんどいない早朝や、授業の空き時間や放課後。階段の陰で、教室で、屋上で、ひと目につかない場所ならどこででも、一日に何度も彼女に口唇奉仕をさせてきた。

最初こそ戸惑いや嫌悪もあったようだが、繰り返し催眠をかけ、そのたびに快感をすり込み続けたかいもあって、今では当たり前のように私のチンポを咥えるようになっていた。

「んっ、んっ、んっ、んっ、んじゅっ、れるるっ、じゅううっ、じゅぷっ、じゅっ、じゅるるっ、ちゅぷ、ちゅぶっ」

唇でペニスを締めつけながら、頭を激しく前後させる。カリ首を擦り上げながら、舌先が鈴口をくすぐる。

「れるっ、じゅるるっ、ちゅばっ、ちゅ……ん、こく、んく……んく……ん、んっ、んっ、たくはん、れてきまふ……んっ」

滲み出てきた先走りを残らず舐めとって飲みこむと、恍惚とした笑みを浮かべる。

催眠の効果と、婚約者への気持ちの相乗効果もあってか、今や彼女のフェラチオ技術はかなりのものだ。

「んっ、んっ、さきがふくらんへいまひた……れるんれふか？　はーめん、でるんれるね？」

「出る。もう……出ますよっ」

「ちゅばっ、ちゅぐっ、んっ、じゅるるっ、ちゅぶ、ちゅぐっ、んっ、んっ、らひて、いっぱい、くひ、くらはいっ」

頬をすぼめながら、頭を振りたくる。亀頭が喉奥に当たるたびに軽く嘔吐いているのに、その動きは止まることなく、よりいっそう激しくなっていく。

「く、うぁ……！　優姫、出る……！」

優姫の頭に手を置き、ぐっと腰を突き出すと、強引に根元までチンポを咥えさせたまま、一気に全てを放出する。

「んんんんっ♥」

勢いよく迸った精液を舌で受けとめるのにもすっかり慣れたようだ。

精液の味や匂いを堪能するように、口内に溜まっている白濁をゆっくりと舌でかき混ぜる。

「ん、んっ……ん、ん……ひゅごい、たくはんれれる……♥　ん、ふ……ごく、んっ♥こく、こく……しゅごい、ひほい……ん、ふあっ、はあっ、はぁぁ……♥」

精液を飲むと同時に、優姫はぶるっと腰を震わせる。射精をさせること、精液を飲むこと、それが優姫の快感になっているのは間違いない。

「ん、ふぁ……はあ、はあ、先生のチンポ……精液で、汚れてますね……」

出したばかりで柔らかくなり始めたイチモツを熱っぽく見つめる。

「ええ。ですので綺麗にしてもらえますか？」

「はい、わかっています……ん、れろ……」

唾液や精液にまみれ、ぬらぬらと濡れ光っているペニスに愛おしげに舌を這わせていく。

「れる……はあ、はあ……ん、れろ……ちゅ、ん……れる、れるる……ぴちゃ、ぴちゅ、ん、ふ……」

すっかり綺麗になっても、優姫はペニスを舐めるのをやめない。

「優姫、もう十分に綺麗になったでしょう？」

「ん、ぷぁ……はぁ、は……」

優姫が名残を惜しむように顔を離すと、亀頭と唇の間を白い粘液がとろりと結ぶ。

「ずいぶん熱心にしていましたね。最初の頃は、フェラチオをするどころか、男性器に対して嫌悪感を持っていたように見えたんですが」

「そ、それは……京弥さんのため、ですから」

「ああ。そうでした。こうして毎日、何度も美味しそうにチンポを舐めしゃぶって、精液を飲み干しているのは、すべて婚約者のためでしたね」

「そうです。そうでなければこんなこと、自分からしたりしません」

「でも、これだけ練習をすれば十分でしょう。愛する人にフェラチオをすれば、今以上に気持ちよくなりますよ。週末にでも婚約者とデートして、その時に試してみたらどうですか？」

「そう……ですね。そうしてみます」

私の提案に頷く優姫の瞳には、淫らな期待の色が浮かんでいた。

「優姫、最近……学校で何かあった？」

車の運転をしながら、京弥さんが私にそう聞いてきた。

「何かって？」

「うまく言えないんだけれど、なんだか雰囲気が少し変わったような気がして」

「そうかしら？　自分ではよくわからないわ」

「だったらいいんだけど……」

何か気になっているのか、彼は少し困ったように視線を揺らす。

「ねえ、京弥さん。もしも気になることがあるなら、なんでも言ってね。私、あなたに隠しごとをしたくないの」

「あ……いや、その……優姫が前よりも綺麗になったというか、色っぽくなったから、気になったんだよ」

「え……？」

顔が熱くなる。私、今……きっと耳の先まで真っ赤になってる。

「あ、ありがとう。嬉しいわ。でも、本当に何も思い当たらないの」

「……そっか。どうやら僕の考えすぎだったみたいだ」

もともとなんとなくそう感じていただけだったのか、京弥さんは納得したように頷く。

「だいぶ遅くなったし、家まで送っていくよ」

いつもなら素直に送ってもらうところだけれど、今日はまだ一緒にいたかった。それに、練習の成果も彼に知ってもらいたい。

「京弥さん、もう少し一緒にいたいの……ダメ？」

「……いいの？」

「うん。両親にも連絡しておくわ。だから――」

「ここからなら僕の家よりも、いつものホテルのほうが近いな。あそこでいいかな？」

京弥さんの実家が経営しているホテルの一つが近くにあって、私たちもよく使っている。

「……うん」


一緒にシャワーを浴びて、そのまま寝室へ。髪を乾かす間もなく、京弥さんに抱きしめられてキスをされる。

「んっ、ちゅ、んふ、ん……」

彼の匂い。彼の感触。彼の温もり。大好きな人とこうして抱き合うだけで、気持ちよくて、とても幸せ。

唇が触れるだけのキスからだんだんと激しいものへ。彼にも喜んでもらいたくて、口内へと差し込まれた京弥さんの舌に自分の舌を重ねる。

「ん……!?」

少し戸惑ったような京弥さんにしっかりと抱きついて、唇をより強く押しつけ、舌をゆっくりと動かす。

「ちゅむ、ちゅ……ん、ふ……れる、ちゅ、んん……」

全身が蕩けるくらいに気持ちいい。ずっとこうしていたいのに……ゆっくりと唇が離れてしまう。

「はぁ、はぁ……京弥さん、どうしたの……？」

「優姫、今のは……いや、何でもない。続けるよ」

京弥さんが私の頬に触れ、優しく撫でてくれる。自分の手とは違う、ゴツゴツとした硬くて大きな手。まるで包みこまれるみたいで安心する。

「京弥さん……」

優しくおっぱいに触れた手がゆっくりと円を描く。それだけでゾクゾクした快感が全身に走る。

このまま身を任せて、全てを委ねて、彼を受け入れる。今まではそれだけだった。それで良かった。

でも、今日は違う。今までとは違う。彼に喜んでもらいたいから。彼を愛したいから。

あんなに何度もフェラチオの練習をしたんだもの。

「京弥さん、待って」

「……どうしたんだい？」

「いつも、私だけ気持ちよくしてもらっているから、今日は……わ、私にもさせてほしいの」

「え……？　するって、何を……？」

あまりに予想外のことだったのか、京弥さんが目をぱちくりとさせる。

「口で……京弥さんのを……」

いくら彼に悦んでもらうためとはいえ、こんなことを自分から言うなんて、顔から火が出そうなくらいに恥ずかしい。

「……今まで、自分からそんなことを言ったことはなかったよね？　こういうこと、あまり好きじゃないと思ってた」

隠しているつもりだったけれど、やっぱりわかっていたんだ。私は誤魔化すことなく正直に答える。

「ええ。好きじゃなかったわ」

「じゃあ、なんで……」

「京弥さん、本当はしてほしいと思っていたんでしょう？　それに、好きな人に喜んでもらいたいと思うのは変かしら？」

「…………わかった。それじゃ頼むよ」

受け入れてくれたけど、なぜかあまり気がすすまないように見える。

今まで、一度もフェラチオしたことが無いから不安なのかしら？　でも大丈夫。ちゃんと練習をしてきたんだから。

私は京弥さんと体の位置を入れ換えると、ベッドに仰向けになっている彼のものを手に取り、顔を寄せていく。

何度見てもおかしな形をしてるわね。それに、なんだか変な臭いがする。柔らかいのに硬くて、触っていると気持ち悪い。

……気持ち、悪い？

愛している京弥さんのチンポなのに、どうしてそんなふうに思うの？

「それじゃ、するわね」

思ったことを頭を振って追い払い、チンポに舌を伸ばす。

「ん……ちゅ、ん……れる、れろ……ん、ふ……れろ……」

教わった通り、唾液をたっぷりと亀頭にまぶすように舌を上下させる。

ひと舐めするごとに、どうしようもない嫌悪感が、吐き気が湧き上がってくる。

「う、く……うえ……ん、れろ……う、く……んぐ、う……れる、ちゅ、れろ……」

どうして、どうしてなの……？

「いいよ、優姫。無理をしないで。ありがとう、その気持ちだけで嬉しいよ」

態度に出てしまっていたのか、汗が滲んだ額に張り付いた髪を優しく整えてくれる。

京弥さんの気遣いが悲しかった。

「ごめ……なさい……。ごめんなさい、上手にできなくて……」

「いいんだ。無理にしてもらうようなことじゃないから。それに、いきなりそんなことを言い出すから、その……」

「え……？」

「何でもない。優姫の気持ちはよくわかった。こういうのは無理をしないで、少しずつ進んでいこう。僕たちにはこれからも時間はあるんだから」

「…………そ、そうね」

大好きな彼に上手にフェラチオできなかったことに、私はショックを受けていた。

フェラチオって、相手を愛しているほど気持ちが良くて、幸せを感じるものじゃないの？

練習では、あんなに上手くできたのに。あんなに気持ち良かったのに。あんなに――幸せ、だったのに。

「優姫……」

まるで気にするなと言うように、京弥さんが優しく口付けをしてくれる。唇が触れるだけの軽いキスを何度も交わしながら、彼に身を任せる。

「んっ……」

乳輪をなぞるように指先が踊り、硬くなり始めた乳首を弄られたかと思うと、大きな手の平で乳房を揉まれた。敏感になった肌の上を熱い舌が這い、太ももを撫で、股間へと手が這い上ってくる。

「は、あ……」

吐息が熱を含み、自分のアソコが濡れてきているのがわかる。

京弥さんが愛液を塗り広げるように割れ目にそって指を往復させる。

「んあ……！　京弥さん……ん、あ、は……」

「すごい。いつもよりも……こんなに濡れて……」

「京弥さんに触られているからよ。京弥さんだから……ん、あ……はぁあ……♥」

にゅるりと、おまんこ深くまで京弥さんの指が入ってくる感触に、私は思わず甘く喘いでいた。

指が出入りするたび、耳をふさぎたくなるような恥ずかしい音が聞こえてくる。

「はっ、あっ、んあっ、あ、は……もう大丈夫だから。京弥さん、お願い……」

気付いた時には、私は淫らなおねだりをしていた。

「……うん、わかった。するよ、優姫」

「え、ええ。きて……京弥さん」

私は足を開いて、すっかり大きくなっている彼のチンポをおまんこいっぱいに受け入れた。


「おはようございます、綾織先生」

「……おはようございます、清瀬先生」

週明けの月曜日、出勤してきた優姫に声をかけたが、彼女は眉を寄せて険しい顔をしていた。

「なんだか不機嫌なようですね。もしかして、婚約者と何か上手くいかなかったことでもあったんですか？」

「……っ」

目を細めて睨みつけてくる。なるほど、図星だったか。

どうやら催眠はうまく作用していたようだ。そう——彼女には自覚できないように暗示を埋めこんでおいたのだ。

それは、婚約者を相手にフェラチオや精飲をすると嫌悪と吐き気を感じるというものだった。

「そんなわけありません。ちゃんと……喜んでもらいました」

「へえ。それは良かったじゃないですか。私も練習に付き合ったかいがあったというものですよ」

笑顔でそう告げると、優姫は私の視線から逃れるように顔を逸らした。

何があったのか、普通には話してくれないか。

スマホを取り出し優姫に見せる。あっという間に瞳が焦点を失い、表情が抜け落ち、体が左右に揺れる。

催眠にはかかっているようだが、私は彼女が受け入れやすいように気遣いながら話を続ける。

「綾織先生、うまくいかなかったのならばちゃんと言ってください。私が力になれるかもしれません」

「でも、プライベートなことまで話をするのは……」

催眠状態ではあるが、完全に言う通りにはならない。鷹槻や日樫もやっかいだったが、彼女はそれ以上だ。

「前にも言いましたが、男同士でしかわからないこともあるかもしれません。せっかく『練習』の手伝いをしているのに、婚約者との関係がうまくいかないと、私も残念です。信頼しろとは言いませんが、話せる範囲で教えてもらえませんか？」

あくまで親切に、優姫と婚約者の関係を心配しているように振る舞う。

わずかな逡巡の後、優姫が話し始めた。

「京弥さんと久しぶりにデートをしていたんです。食事の後、二人でホテルへ行ったんですけれど——」

まとめるまでもなく簡単な話だった。

婚約者にフェラをしたが、私にする時のような悦びや快感を得られなかった。愛しているほど、相手が感じて喜ぶほど自分も気持ちよくなるはずなのにそうならなかった。

自分のフェラチオのテクニックが不足していたのか原因がわからず、悩んでいるとのこと。

「なるほど。それは深刻ですね」

「……ええ。そうなんです」

「では、ただの『練習』ではなく、もう一歩踏み込んだことをしましょうか？」

「もう一歩、ですか？」

「恋人として、将来の妻として相応しい女性となるための『花嫁修業』ですよ」

「花嫁修業……？」

戸惑う彼女の前に、再びスマホをかざす。

優姫の瞳から光が消え、まるで硝子玉のようになる。精巧な人形と化した彼女の耳に、私は優しく語りかける。

「婚約者を喜ばせるために『花嫁修業』ですることは――」


清瀬先生に京弥さんとのことを相談してから数日。仕事を終えて家に戻った時、両親はまだ帰ってきていなかった。

会社で何か問題が起きたようで忙しいらしく、お母様やお父様と顔を合わせる時間がめっきりと減ってしまった。

この家で暮らすのも、二人と一緒にいられるのも京弥さんと結婚するまでなのに。

つい、不満めいた気持ちが溢れてしまう。

しかたのないことだし、互いに譲れない生活があるのもわかっている。私だって今すぐ教師をやめて結婚するまでの間、花嫁修業をしなさい、なんて言われたらきっと反発する。

「花嫁修業……か」

私はこの前の京弥さんとのデートを思い出していた。

あんなに『練習』をしたし、最近はフェラチオの技術にも自信がついてきていたのにダメだった。清瀬先生が相手なら上手にできるのに……。

「でも、一度くらいの失敗で落ち込んでいる場合じゃないわよね」

後悔ばかりしていても時間を無駄にするだけ。だったら、今、私にできることをすべきよね。

私はさっそく着ていた服を脱いで下着だけになると、ベッドに横になった。

フェラチオの『練習』は今も続けているから、京弥さんをしっかりと受け入れられるようにお尻の穴を開発しよう。

「あ……やだ」

お尻の穴だなんて、下品ではしたない言葉を使うなんて、私ったら……ダメじゃない。ちゃんと、ケツマンコって言わなくちゃ。

口マンコ、おまんこ、ケツマンコ。ケツ穴。チンポ。今まで知らなかったことをたくさん覚えたばかりだから、ちゃんと使えるようにならなくちゃ。

「ケツマンコ。ケツマンコ。ケツマンコ……」

頭に染み渡るように何度も呟く。

結婚するんだもの。礼儀作法や言葉遣い、それにセックスの技術やおまんこやケツマンコの使い方をちゃんと覚えて、京弥さんに嫌われないようにしなくちゃ。

私は、いつから入れていたのか覚えていないけれど、根元までしっかりと挿入しているアナルプラグに触れた。

「んあ……♥」

ジンっとした刺激が腰から背筋を駆け抜ける。

初めてセックスをした時と少しだけ似た痛み。京弥さんとのセックスも今はちゃんと感じるようになったのだから、これもきっと時間をかければ気持ちよくなるはず。

ケツマンコの開発を自分でするのは妻となる女の嗜み。

おまんこだけでなく、ケツマンコでもチンポを受け入れられるようにならなければ夫となる男性に恥をかかせてしまう。

だから、こうしてアナルプラグで拡張をして、開発を続ける必要がある。

「ん……あ、ふ……」

直腸を擦られる熱と、ケツ穴を強引に広げていく異物感に耐えながら、ゆっくりとアナルプラグを引き抜いていく。

「あ、は………ん、くぅ……」

まだアナルプラグを抜く時の抵抗は強い。こんなことで、京弥さんのチンポをちゃんと受け入れられるのかしら？

不安に思いながら、引き抜いたプラグを確かめる。

学校にいる時も、ちゃんと数時間おきに浣腸をして綺麗にしているおかげで汚物はついてない。

「他にも、ちゃんと確かめなくちゃ」

アナルプラグを鼻先に近づけて息を吸う。なんだかすごくエッチな臭いがする。

もう少し浣腸をする頻度を上げたほうがいいかしら？　でも、いくら綺麗にしても、この臭いは抑えられないわよね。

でも、ケツマンコがこれくらい臭うのは当然だし、そのほうが男性も興奮するのよね？

そして次は味の確認。

「ん、れろ……ちゅ、ん……」

舌を伸ばしてプラグを丁寧に舐める。舌先がピリピリするような苦みがある。

……これくらいなら、京弥さんに舐められても大丈夫よね。

準備は十分。次はちゃんとチンポを受け入れられるように練習をしなくちゃ。

私は京弥さんにしてもらう時のことを想像しながら仰向けになると、ぐっと足を持ち上げた。彼が私のケツマンコを弄りやすいように、頭の両脇に膝をつけ腰を天井に向けて突きだす。

少し窮屈で苦しいし、すごく恥ずかしい。でも、こうするのがケツマンコをする時の『正しいやり方』なのだから。

まずはおまんこへと手を這わせる。

「あ、ふぁ……！　んんんっ」

包皮から顔を覗かせているクリトリスを撫で、前よりも少しだけ肉厚になっている陰唇を軽く撫でる。

甘い快感がゆっくりと体に広がっていく。

けれど、今から弄るのはおまんこじゃない。ケツマンコのほう。

充血してほころんでいる割れ目を何度か擦り、膣口から滲んできた愛液で指を少し湿らせると、ひくつくケツマンコをほぐすように穴の周りをクルクルと撫でる。

「はあ、はあ……ん、は………あ、ふ……」

皺の間までしっかりと濡らすように丁寧に指を這わせていく。

くすぐったいけれど気持ちいい。でも、ただ弄るだけじゃダメ。

「う……くぅっ」

小さく息を吐きながらケツマンコに、中指を根元までしっかりと埋めていく。嫌悪感に似た刺激が走り、全身に鳥肌が立つ。

チンポでケツマンコをズボズボしてもらうのに。こんなことじゃダメじゃない。

こうしている今も、指の根元が痛いくらいに締め付けている。おまんこもケツマンコも締まり具合については自慢できるかも。

京弥さん、私のケツマンコでも気持ちよくなってくれるかしら……？

彼が喜んでくれるといいのだけれど。そんなことを考えながら、ゆっくりと指を引き抜いていく。

「は……んぉ……あ、ぁ、あぅんっ、んう……あ、あぁぁ……！」

ケツマンコが山形に盛り上がるまま、指が抜ける直前まで引っ張ってから、再び腸内へと沈めていく。

おまんこでオナニーをしている時とは違う、ゆっくりと大きなストローク。

出して、入れて。くり返すたびに直腸粘膜が擦れ、火傷しそうなくらいに熱く、痺れるほどに気持ちよくなっていく。

「んっ、おっ、あ、うあっ、お、ん、んふっ、あ、あっ、うっ、ぅうっ、ケツマンコ……熱い……ん、あ、あぁ……！」

ゾクゾク。たまらない刺激が、湧き上がってくる快感が、体を満たしていく。

もっと速く、もっと深く、もっと激しく。

じゅぷじゅぷ、にゅちゅ、じゅぷ、じゅっ、ちゅぐ。ケツマンコからいやらし音が響いてくる。恥ずかしくてたまらないのにとめられない。

「あーっ、あぁぁーっ。ん、あああぁ……い、ケツマンコ、じゅぷじゅぷ、い……んっ、気持ちい……んおおっ♥」

指を一本から二本に増やす。皺がピンと伸びて軽い痛みがある。けれども、さっきよりも刺激——快感も強くなった。

一本の時と同じようにゆっくりと指を出し入れする。うねる腸壁を指の腹で擦り上げ、

変化を付けるように指を交互に動かす。

「んひっ、あっ♥　あぐっ、んっ、んっ、ケツマンコ、ジンジンするぅ……。おっ♥　おっ♥　あ、はぁぅん！」

排泄するだけの場所のはずなのに、こんなに感じている。

でもこれは京弥さんのため。彼の妻として相応しい女になるために、しなくちゃいけないこと。だからもっと大胆に。もっと激しく。

腸液でぬるぬるになっている指を深く埋めると、手首を左右にねじって腸内を指でかき混ぜる。

「んほああああっ！」

はしたないとは思うけれど、淫らな声を抑えられない。

ぐちょ、ぐちゅ、じゅぐっ。おまんこを弄っている時よりもねっとりとした水音が響く。

「はっ♥　はっ♥　んはっ♥　ケツマンコ、いぃ……！　あ、ああ、いっ、いい……気持ちいい♥　んっ、ふあっ、あああっ！」

チンポを悦ばせるために。たくさんザーメンを出してもらうためにやっていることなのにとまらない。とめられない。気持ちいいのとめたくない……！

「ふあっ、あーっ、いくいくいくいく……あ、あっ、んあ…………!?」

肌には汗が滲み、体が小刻みに痙攣する。

もう、いく。もう、もうっ。ダメ、ケツマンコで、私……イクっ！　快感が膨れ上がり、絶頂に向かう最中、私は『正気』に戻った。

「あ………え？」

あれ……どうして、こんなこと……しているの⁉

なんでお尻なんて弄っているの⁉

「い、いやいやいやっ、こんな、こんなの、いやあっ‼」

汚い。おかしい。まるで変態じゃない。こんなことしたくない。こんなことすぐにやめなくちゃ。

自分がおかしなことをしているのはわかっているのに、手はとまらない。

「あ、くぅ……！　ど、してぇ……んうっ、お、ふっ、い、やあぁ……」

でも、体は誰かに操られているみたいに止まらない。ケツマンコを弄りながらも、私は違和感を覚えていた。

何かおかしい。おかしいことなんてない。こんなことしちゃダメ。もっとしなくちゃ。

気持ち悪い。気持ちいい。

相反する考えを行き来する中、私は清瀬先生と淫らな行為をしていた芳谷さんの姿を思い出した。

「あ……そう、だったのね……」

清瀬先生が私に何かしたのは間違いない。だから、今すぐこんなことをとめなくちゃ。

そう思うと同時に、ぐりっとお尻の穴を擦られる。

「んひぅっ⁉」

指をきゅっと締め付けてくるお尻の穴を、さらに激しく擦り上げる。

「ダメ、やめ……なくちゃ。こんなこと、おかしいわ。やめ……んっ、あ、あっ」

そんなに激しく動かさないでっ。そう思っているのに、よりいっそう激しくお尻の穴を擦って、突いて、ほじくってしまう。

「んおっ♥　んふっ、あっ、はうっ♥　ん、おっ♥　あ、あ、ああっ♥」

お尻を出入りする動きは、よりいっそう速まっていく。嫌で嫌でしかたないのに、どんどん気持ちよくなってしまう。

「だ、ダメ……やめっ、も……これ以上……あ、あっ、んあっ、い、やあ…………うくっ！」

息が詰まる。頭が真っ白になり、全身に震えが走る。そして——。

「んおっ、んくぅううううううううううううっ‼」

頭が真っ白になった。さっきまで、何か考えていたのに。大切で、忘れてはいけないことだったはずなのに、すべてが快感の中へと溶けて消えていく。

「はっ、はっ、あ、は……ん、ふ……はあぁ……」

体に力が入らない。頭がクラクラする。大きく胸を上下させ、乱れた息を整える。波紋のように全身に広がっていく絶頂の余韻の中、私はベッドに横たわったままぼんやりと天井を見上げていた。

「ん、ふ……私、どうして……嫌だなんて思ったのかしら……？」

これは『花嫁修業』なのに、ちゃんとケツマンコでイけるようにならなくちゃいけないのに。

もしかしたら、清瀬先生が私に何かをしているのかもしれない。何か変なことをされないように、もう彼にはできる限り関わらないほうがいいのかもしれない。

でも『花嫁修業』のことを教えてもらったのは、感謝しなくちゃいけないわね。

「まだ、一回しかイってないから……もう一度……」

今度はうつ伏せになってお尻を高く上げる格好になると、私は再びケツマンコへと指を埋めていく。

「ん、く……」

さっきとは指の当たる所が違う。入ってくる感触も違う。

「は、あ………ん、ん、ん……あ、は……」

京弥さんに相応しい妻となるためにも、これからも毎日、ちゃんとケツマンコをほじりまくらなくちゃ。

第二章　新たなる教育指導

「おはようございます。綾織先生」

職員室へ向かって廊下を歩いている途中、私は優姫を見かけて声をかけた。

「……おはようございます、清瀬先生」

挨拶をしながらも、彼女は不快げに眉根を寄せて私との距離を取るように一歩離れた。

催眠の影響下にあるとはいえ、記憶は残っているはずだし、私への不信感は消えていないはず。

彼女が私に対してそういう態度を取るのはしかたのない……いや、当然のことだ。しかし鷹槻桜花《おうか》のように強烈な反発をされることに比べれば可愛らしいものだ。私は気にせずにさらに話を続ける。

「先生、昨日はちゃんと新しい『花嫁修業』のほうはしましたか？」

「……ちゃんとしています。相談にのっていただいたり、私が知らなかったことを教えてくださったことには感謝していますが、あまり個人的なことにまで踏み込んでくるのは失礼じゃないですか？」

「たしかにそうですね。余計なお世話でした。ただ、アナルプラグを太くするなら予備が手元にありますので、よければお譲りするつもりだったんですよ」

「え？　アナルプラグを太く、ですか……？」

「ええ。チンポを余裕を持って受け入れられないようなケツマンコだと、夫をがっかりさせてしまうでしょう？」

「え……？　ひ、広がっているほうが、いいんですか……？」

優姫は自信なさげに聞いてくる。

彼女の中にあるセックスの知識はかなり歪み、壊れてきている。だからこそ、僕の言葉を否定できずに、不安に駆られているのだ。

「もちろんですよ。ケツマンコの広がりは母性や包容力と同じですからね。私も付き合うなら、やはりちゃんと拡張されている女性でないと……」

「そ、そう……ですよね」

苦笑しながら言葉を濁すと、優姫は顔を青ざめさせた。

「……っと、こんなことは婚約者のいる綾織先生には耳にタコができるほど聞いた話ですよね、すみません」

「い、いえ……そんなことはありません。心配してくださって、ありがとうございます」

暗い顔をしながらどうにか感謝の言葉を口にする彼女を見て、笑いを堪えるのに苦労してしまう。

「ああ、そうそう。ロマンコの使い方はどうですか？　うまくいってないのなら、私が確かめますよ」

優姫が私の股間に目を向けると、たちまち頬がうっすらと色づいて大きな瞳が潤んだ。

本人は無自覚だろうが、発情したメスの顔になってきている。

「どうします？」

「そうですね……。まだ時間もありますし、練習は続けないと意味がなくなりますから、お願いできますか？」

「もちろん、かまいませんよ」

とはいえ、あまり時間をかけてはいられない。

私は優姫を職員用の男子トイレに連れこむと、そこでフェラチオをさせた。


「ん、こく……はあぁ……ザーメン、とてもたくさん出ましたね……」

「時間がないから我慢をしなかったとはいえ、これほど早くイカされるとは思っていませんでしたよ。以前と比べて格段の進歩ですね」

「そうですか？　自分ではよくわからなくて……」

「これだけ上手くなったんですから、婚約者も喜んでいるでしょう？」

私の問いかけに優姫は軽く息を呑み、その表情をわずかに強ばらせた。

「失礼。プライベートに踏みこむつもりはありません。さて、綾織先生はそろそろ、風紀指導で校門に出る時間でしたよね？」

わざとらしいくらいに話題を転換する。

「え、ええ。そうですね」

「変に勘ぐられると、綾織先生に迷惑でしょうし、私はタイミングをズラしてここを出ていくので、先に行ってください」

「わかりました。お気遣い、ありがとうございます」

ペニスを舐めしゃぶり、たっぷりと精液を飲み込んだまま、優姫は校門へと向かう。

口を濯いだり、歯を磨いたりする様子もない。

自分のしている行為は何もおかしなことではないという認識がしっかりと根付いているからだろう。

順調だ。このまま一気に彼女を――と行きたいところだが、まずは鷹槻や日樫、そして芳谷くんへの報復がある。

今後、どうするか考えながら、私は優姫の後を追うように校門へと向かった。

放課後、校舎の外れにある人の来ない空き教室で、私は優姫と向かい合っていた。

「あれは……前に芳谷さんにもかけていましたが、催眠術ですよね？　あんなこと許されるとは思っていませんよね？」

私は今、彼女に追及されていた。幾度か鷹槻たちへ報復している姿を優姫に見られたからだ。

いや、正確には彼女が来るのをわかっていて、性行為を続けていたというべきか。

以前と今回では反応がどう変化するかの実験も兼ねていたのだが、やはり性根の部分は変わっていない。

催眠にかけ続けているとはいえ、優姫を根幹から変えるのはかなりの手間がかかりそうだと再認識しただけだった。

「清瀬先生、聞いているんですか？」

「ええ。聞いていますよ」

「今日は鷹槻さんに、前は芳谷さんに淫らな行為をしていましたよね？」

「おっしゃる通り、彼女たちには催眠術をかけているんですよ。先生はまだ気付いていないようですが日樫成実《なみ》にもかけています。もちろん、そうする理由があるからです。それがどうかしましたか？」

「どうかしたか、ですって……？」

視線が鋭く尖り、顔が赤くなり、口調に怒気が滲む。今にも爆発しそうだ。

「どんな理由があるのかは知りませんが、あんなことをしていいはずがありません。もうやめてください」

「あなたに何を言われても、やめるつもりはありませんよ」

「では、これからも続けるつもりですか？　そんなことが許されると思っているんですかっ!!」

優姫は顔を真っ赤にして抗議してくる。

「別に誰かに許してもらうつもりなんてありません」

「清瀬先生、私がこのことを黙っていると思っているんですか？　やめるつもりがないのでしたら、あなたを告発します」

「彼女たちも傷つくことになりますよ？」

私の挑発するような返答に、彼女は強気な眼差しで応えた。

「無理です。相手は『鷹槻』に『日樫』、そして『芳谷』ですよ。あなたが何をしても揉み消されるだけです」

たしかに何の用意もせずに情報だけを公開したら、彼女の言う通りになるだろう。

わかっていたつもりだが、権力を持つ相手がやっかい極まりないということを再認識する。

「たしかにおっしゃる通りですね。彼女たちのどれか一つの家だけでも十分なのに、三家そろえば私ごと『最初から何もなかった』ことにするくらいは可能でしょうね」

事実、私の両親は彼女たちの家に消されたようなものだ。

「でしたら、ああいうことを続ければどうなるかなんて、説明するまでもありませんよね？」

何を言ったところで優姫が私の説得で意見を翻すとは思えない。だが――彼女は催眠に深くかかるようになってきている。

今の彼女が相手ならば、たぶんできるはず。だったら、実験も兼ねて提案をしてみるか。

「しかたありませんね」

私はため息まじりにそう呟くと、スマホを取り出してアプリを起動した。

たちまち優姫の瞳が虚ろに染まり、肩が落ちて今にも座り込みそうなくらいに脱力する。

「綾織先生、あなたは彼女たちを守るため私と『交渉』をしなければいけない」

「交渉……する……？　そんなこと、しなくても……彼女たちの家に言えば……」

相変わらずだ。催眠状態であるはずなのに、私の言葉を復唱する時に、通常の思考が混じる。

抵抗しているわけではない。ただ彼女が納得できないことを受け入れないだけだ。

だからこそやっかいとも言えるが。

「彼女たちがそれを良しとするならば、すでに実行しているでしょう。だから、できる限り秘密にするためにも、私にああいうことをさせず、誰にも話さないように『交渉』をするほうがいい。違いますか？」

「秘密……そう、ですね……きっと知られたくない……交渉、したほうがいい……」

どうやら、私の提案を受け入れるつもりになったようだ。

アプリを停止すると、優姫の瞳に意思の光が戻ってくる。

「わかりました。でも、私としてもこれは簡単に譲れないことなんですよ。ですから勝負をしませんか」

「勝負、ですか？」

「あなたの最も得意なことならなんでも。その上で私が負けたら綾織先生の言う通り、彼女たちには二度と手を出さず、誰にも何も言わないと誓いましょう。ですが、もしも私が勝ったら今やっていることを黙認してください」

「そんなことする意味なんて――」

「この条件を呑んでいただけるのでしたら、あなたにかけた催眠もすべて解除しますよ」

婚約者のためにしている『花嫁修業』でしかないと思いこんでいたとはいえ、フェラチオや精飲をあれだけやったのだ。他に何か催眠をかけられていると疑っているだろう。

「……本当ですか？」

「ええ、もちろんです。互いに納得のいく『交渉』の結果ならば、嘘をついたりしませんよ」

「交渉……そう、これは……交渉なんだから……」

独り言のように呟いて、優姫は少し考えてから口を開いた。

「わかりました。その提案をお受けします」

先ほどの催眠で、彼女は私と『交渉』をすべきだと考えるようになった。

こんな提案を受け入れたのは、より深く彼女の精神を浸食した証でもある。

思わず口の端が上がる。

「ありがとうございます。では、勝負方法はどうしますか？」

「本当に、なんでもいいんですか？」

「二言はありません。あなたが選んでください」

「わかりました。それでは――」


翌日の放課後。私たちは動きやすい服装に着替え、テニスコートに立っていた。

「もう一度、確認しますけれど、本当にテニスでいいんですか？」

優姫の選んだ勝負方法はテニスだった。学生時代に本格的にやっていた競技だけあって自信もあるのだろう。

「ええ。かまいません。そういう約束でしたから」

「清瀬先生はテニスの経験はあるんでしょうか？」

「学生時代に体育の授業でちょっとやったくらいですね」

「……それで、本当に勝負を受けるつもりなんですか？」

自分が有利だというのに優姫は浮かない様子だ。平等とまでいかなくとも、私にも勝ち目のあるものでなければ勝負にならないとでも思っているのかもしれない。

確かに彼女と私では勝負になるかも怪しい。もちろん『普通』にやれば、だが。

「大丈夫ですよ。私は素人ですが、テニスのルールはちゃんと調べてきましたから」

私はスマホを手に取り、優姫の目の前にかざす。繰り返しかけていることで彼女もだいぶ催眠にかかりやすくなってきているようだ。

「男性は普通にラケットを手に持ってやりますが、女性は違いますよね？」

「違う……？　でも、テニスはこうして……」

「ラケットはおまんこにつっこんで使うものですよ。どうしてアンダースコートやパンツを穿いているんですか？　それにブラジャーを付けたりして、非常識じゃありませんか？」

「な、何を言ってるんですか、これは当然の格好で――」

「さっき言ったように、私はちゃんと調べてきたんですよ。それとも自分に有利な競技であるテニスを選んだ綾織先生は、さらにルールを破ってまで私と勝負をするつもりなんですか？」

自分が有利、彼女が気にしているであろう部分を指摘し、その罪悪感めいた気持ちを利用する。

「違うわ。私、そんなつもりなんて……」

「でしたら、ちゃんとルール通りにしてください。今までも、そうしてきたはずです。そうですよね？」

「今までも……してきた……？」

「まさか『交渉』した全てを反故にしますか？　それとも、テニスで勝負を続けますか？」

「反故には、しません……。テニスで……勝負を続けます……」

「では、ちゃんとルールに従ってください。綾織先生の選んだ競技なんですから、わかっていますよね」

「…………は、い。わかり、ました……」

私は彼女の返答を、半ば驚きながら聞いていた。催眠は思った以上に効果を発揮していたようだ。

今も続けている『花嫁修業』と同じように、彼女の『テニス』に対する認識を歪めたのだ。

うまくいかなかったら彼女だけに目隠しをしてもらうか、利き手を使わずに走らないなどのハンディキャップをもらうつもりだったのだが。

「……綾織先生、準備はよろしいですか？」

「ま、待ってください。今、おまんこにラケットを突っ込んでますから」

優姫は大きく足を開くと、テニスラケットの柄を自らの膣に挿入していく。

「ん……う、は……んん、はあぁぁ……奥まで、入って……んくっ」

「準備はできました？」

「ええ。でも、少しだけ素振りを……んんっ」

膣にラケットを咥えこんだ状態で、軽く腰を前後させる。

「い……ちっ、にっ、んっ、う……くっ、さぁん……は、あ……どうしたのかしら、なんでこんなに……んっ」

ラケットがゆらゆらと揺れ動くたび、優姫は戸惑いながらも甘い吐息をこぼす。

「そろそろ始めましょうか。サーブは私からでいいんですよね？」

「ん、はあぁ……え、ええ、どうぞ」

熱い吐息と共にそう答えると、優姫は頭の上で腕を組んでガニ股になった。すらりとした太ももの間にぶら下がったラケットが、ブラブラと揺れている。

滑稽ならばも強烈にエロい姿に、思わずファーストサーブを失敗してしまう。

「はあ、はあ……やはり、今からでも他の競技に変えますか？」

「そんなお気遣いはいりません。では、今度こそいきますよっ！」

初心者らしくアンダーサーブ。とりあえず、ちゃんと前にさえ飛べばいい。

そう考えて打ったボールは、ゆるやかな山なりの軌道を描きながら、優姫の前へと飛んでいく。


清瀬先生の打ったボールが、ゆっくりとこちらへと飛んでくる。

まるで生まれて初めてラケットを持った子供がするような、速度も威力もなく、コースも単調なアンダーサーブ。

わざとやっているのでなければ、彼にはテニスの経験がほとんどないはず。

これなら、勝てる。卑怯だと思うけれど、鷹槻さんたちのためにも、手を抜いたりはしない！

私は山なりの軌道を描いてゆっくりと飛んでくるボールへと向かって動きだす。

「んんんっ⁉」

胸が上下に踊り、深くおまんこに突き刺さっているラケットが、歩くたびにブラブラと揺れる。

「んっ、あ……く……！」

思わず声が漏れる。テニスって、こんなに動きにくかったかしら？

それでも、どうにか腰を振って、返球をする。

「はうっ⁉」

おまんこに衝撃が走る。そのせいか、相手コートまで届くかも怪しい軌道と威力の返球だった。

無意識に手加減をしてしまったのかしら？

「おお。やりますね。まさかちゃんと返球できるなんて思いませんでしたよ」

予想をしていなかったのか、清瀬先生が慌てて前に出てくる。

ボールに対する反応も、動き方も、やはり素人同然だった。

男女の運動能力の差を考慮しても、不公平が過ぎる勝負だったかもしれない。

いえ、今は余計なことを考える必要なんてない。そんなことを気にしてはダメ。

これは鷹槻さんたちを解放するために必要なこと。今、ここで清瀬先生をちゃんととめなければ、彼女たちが酷い目に遭う。

だからこそ、彼が持ちかけてきた『交渉』の時に、確実に勝つために学生時代からずっとやってきたテニスを選んだのだから。

手を抜いたらダメ。容赦したらダメ。どんなことをしても確実に勝たなくちゃいけない。

頭の中に浮かんだ疑問を、今は考えないようにする。

ゆっくりとしたボールが返ってくる。

チャンスだわ！

強烈なスマッシュを。そう考えて膣に力を入れると硬い感触をよりいっそうはっきりと意識してしまう。

「んんんっ♥」

股間に衝撃を受けて、甘い声をこぼれた。何度、経験してもこれには慣れない。

あれ……？　私、前にもこんなことをしていたのかしら？

こんなことを、何度もしてきたのかしら？

「やりますね。さすがは経験者だ」

先生からのリターン。今は、目の前のプレイに集中しなくちゃ。

浮かんだ疑問を横に置いて、私は再びボールの前へと向かう。

歩くような速度でどうにか移動すると、腰を大きく前後に揺すって、ラケットを振る。

「んんんっ！　ふぁっ、あ、くっ♥」

ゾクゾクするような快感と共に、どうにかボールを打ち返す。

「はあ、はあ、はあ……んっ♥　あ、はああぁ……」

テニスは過酷なスポーツだし、ブランクもあった。けれど、たいして動いてもいないのに、どうしてこんなに息が乱れるの？

口を大きく開いて、肩で息をしながら、私は必死にボールを追う。

「いい感じですよ。そうして打ち返してくるほど、あなたの性感は高まっていきますよっ」

「性感……高まる……」

「ええ。気持ちいい感覚がどんどん溜まっていきます。ただし、完全に敗北が決まる瞬間まで、あなたはイクことができません」

「気持ちいい感覚……溜まる……負けるまで、イクことができない……」

目にうつる景色が揺らぎ、のぼせたように頭がクラクラする。

考えがまとまらない。清瀬先生が何を言っているのか、よくわからない。

「んあっ♥」

返球するたびに、いやらしい声が漏れる。

テニスは好きだし、している時は楽しい。でも……こんなふうに、感じたりしたことはなかった。

私、どうしてこんなに気持ちよくなっているのかしら？

「はあ、はあ……ん、あ……」

膝が震えて力が入らない。おまんこでグリップをしっかりと締め付けながらどうにか返球をする。

「んっ、はぅっ♥　あ、はあぁぁ……」

けれども、まったくといってもいいくらいに力が乗らない。私の打ったボールはどうにか相手コートへやっと届くような状態でしかない。

なぜなの？

いつもの私なら、彼の手が届かないコースに、もっと鋭く返球できるはずなのに。浮かんだ疑問の答えに辿りつく前に、すぐにまた彼から返球が来る。

「んんっ！」

腰をよじって返球する。ボールがガットに触れると、鋭い刺激が背筋に走る。

打って、打ち返されて。そうやってラリーを続ける。

「はあっ、はあっ、あ、ん……はあぁ……あ、ふ……」

おまんこが熱い。ヌルヌルに濡れて、少しでも気を抜くとラケットが抜けそう。

「どうしたんですか、得意のテニスなんでしょう？　このままでは、私が勝ってしまいますよ」

スコアは０―３で、今ポイントは０―40だ。私はまだ一度も得点をしていない。

「まだ、まだ……終わりじゃ、ありませんっ」

反論しながら、私は必死にガニ股で歩き、腰を大きく前後に振る。

ボールを打ち返す時の衝撃が、そのまま快感へとなる。

歩くたびに、シャツと乳首が擦れ、ラケットがおまんこの中を擦り、引っ掻く。どんどんと溢れてくる愛液が、太ももまでぐっしょりと濡らしていく。

「あ……ふ……んんっ、はあ、はあ……」

どうして、どうしてなの？

テニスで、こんな気持ちになるなんて変だわ。おかしい。もしかしたら、彼が何かをしている？

でも……私が自分で選んだ競技だし、彼は『ルール通り』にしている。

試合、もっと……集中しなくちゃ。

そう思っても、体を満たしていく悦びに、甘い快感に、頭が霞がかったようになっていく。

「優姫、もう諦めたらどうですか？」

「はあ、はあ……ダメ、ダメ……あきらめたり、しないんらからぁ……」

私の正面に向かってボールがゆっくりと飛んでくる。

これならば打ち損なうこともない。ちゃんと腰を振ってリターンすればいい。

逆転できる可能性は無くとも、諦めるわけにはいかない。

私は頭の上でしっかりと腕を組み、ガニ股になってお尻を引く。

愛液で滑ったおまんこを、テニスラケットが抜けおちそうになる。

「んひっ♥　あ、ふあぁあ……!!」

今まで以上に強烈な刺激。目の前がチカチカして、全身がブルブルと震える。

ぬるりと、おまんこからラケットが抜けそうになる。

「んっ、あ、ぬけちゃ、らめぇ……あんっ♥」

慌てておまんこに力を込める。硬いラケットのグリップが膣を擦り上げ、ゾクゾクするような快感が背筋を駆け抜ける。

「あ、あ、あ、ああ……！」

途切れ途切れの喘ぎ声が漏れ、腰が勝手にくねる。膝がガクガクと震えて、体を支えているのが辛い。

私、がんばったわよね。

もう、諦めてもいいんじゃないかしら？

一瞬、そんな考えが頭をよぎり、同時にたまらない快感が背筋を這い上っていく。

「……っ」

唇を噛みしめ、私は飛んできたボールを打ち返す。

「んんんっ！」

どうにか相手コートに届くかというような勢いのない返球。

「ずいぶんと、がんばりますね」

まるで私を試すように、とてもゆっくりとした速度で、返球しやすいようなコースへとボールが飛んでくる。

「ん……あ、これなら……」

快感に震えながらも、私は必死にボールを追う。

「んあっ！　はああ……♥」

ワンバウンドしたボールを、腰を大きく前後に揺すりながら器用に打ち返す。

「ん、はぁうっ♥」

数歩、移動が必要な位置へとボールを返す。

足を大きく開いた状態で一歩、一歩、移動する。そのたびに私は淫らなダンスを踊るように、お尻をくねらせる。

「んっ、んあ、は……負け、ません……」

「大したものですね。そんな状態だというのに、立て続けに打ち返してくるとは」

「テニス、なら……負けません。負けられないんです……」

「そうですか。でも……これを落としたら、あなたの負けですよ」

1セットマッチで、5―0。しかも0―40の状況。もう……私の負けは決まってしまったようなもの。

でも、最後までがんばらなくちゃ。

教え子たちのために、私は彼に負けるわけにはいかないのだから。

「最後まで、諦めたりしませんっ」

テニスを始めてから、ひっきりなしに股間が刺激される。おまんこが気持ちいい。集中できないのはこの快感のせい。私は歯を食いしばって必死に快感に耐えながら、腰を大きく揺する。

そして、ボールは無情にもネットに引っかかった。

「あ……」

私の、負け……。

そのことを理解した瞬間、全身が震えた。頭が真っ白になった。

「んひっ、あっ、あっ♥ んあっ、あっ♥ はあぁあああ……！」

ゾクゾクする。おまんこが熱い。気持ちいい。気持ちいい。ただ、快感だけが私の全てを埋め尽くす。

「ふあ……あ、あ、あああああああああああああああああああああっ!!」

初めて体験するような強烈で、鮮明な快感。

ぷしっと、微かな音が耳に届く。そして……。

しょわああああああああ……。

股間から弧を描いておしっこが迸る。

「あ、あ、らめ……とまっへ……あ、あ……ああ……こんらの、らめ、ん、あ、あ、ああ

あ……」

ぴちゃぴちゃと音を立て、水滴が足にかかる。

勢いは衰えることなく、そして恥ずかしい姿を見られているのに――いえ、見られているから、すごく気持ちいい。

「あ、あひっ、あへ……おもらひ、おしっこ……とまらないのぉ……」

お漏らしが終わると同時に、体が弛緩する。

今まで必死に締め付けていたおまんこから、ラケットが抜け落ちると、足元にできた水たまりに転がった。


「あなたの負けです」

「あ、ああ………ごめんなさい……ごめんなさい……」

崩れ落ちるようにその場に座りこむと、優姫は呆然と呟く。

「あなたの指定した競技で私が勝利した。これで約束通り――」

「ま、待ってくださいっ！　待って、お願いっ、お願いしますっ」

私の言葉を遮るように、必死に声を上げる。

「私が提案した勝負で負けた上、こんなことを言うのはルール違反だとわかっています。

でも、鷹槻さんたちに何もしないでもらえませんか？」

「それはできないと言ったはずですが？」

「そうですけれど……彼女たちがあなたに何をしたっていうんですか？」

「そうですね……直接的なことは何もしていませんね」

「だったら——」

「それがわかった上でも許せないほどのことがあった。そうは考えられないんですか？」

「え……？」

その態度を見てわかった。彼女は私がどうしてこんなことをしようとしているのか知らないのだろう。だが私は両親を破滅に追いやった人間を、その関係者を許せない。

「15年前、清瀬産業が『鷹槻』にどのような目に遭わされたのか調べてみなさい。あなたならば表に出ていなかったことも知ることができるでしょう」

「清瀬産業、ですか？」

「ええ。私の両親の、そして——あなたたちによってたかって全てを奪われた会社です」


「おはようございます、綾織先生」

「あ……き、清瀬先生」

朝、職員室へ向かう途中で見かけた優姫に声をかけると、彼女はぎょっとしたような顔をした。

私を見る視線は落ちつかず、表情も暗い。

「どうやら私のお願いした調べものは、ちゃんとしてくださったようですね」

私がそう尋ねると、優姫は真っ青な顔をして小刻みに震え出した。彼女が普通の状態ではないのは一目瞭然だ。

「どうしたんですか、綾織先生。体調でも悪いんですか？」

「い、いえっ。そんなことは……」

「生徒たちも心配そうにしていますよ。保健室へ行ったほうがいいかもしれませんね」

そう言った後に、彼女にだけ聞こえるように小声で付け足す。

「周りに気付かれるようなことがあれば、他の生徒も鷹槻たちのようにしなくてはいけなくなりますよ」

私の言葉に、優姫が息を呑む。

「す、すみません。私、やることを思い出したので、お先に失礼いたしますっ」

早口にそう言うと、逃げるように駆け出していく。

予想していた以上に効果があったようだ。しかし、あのような態度では何かありますと宣伝して回っているようなものだ。

しっかりと注意をするついでに、彼女が何を知ったのかも聞かせてもらうとしよう。

……などと思っていたのだが、優姫とはほとんど会話することなく放課後を迎えた。

まさかここまで徹底的に避けられるとは思っていなかった。

さて、どうしようかと考えていたところに、彼女が自ら声をかけてきた。

「清瀬先生、少し、よろしいでしょうか？」

「ああ、ちょうど良かった。私も先生に話をうかがいたかったんですよ」

「……先生のご実家のことについてですね」

落ち着かない様子で周りに視線を向け、小声で聞いてくる。

この学校は『鷹槻』のものだ。こんなところで清瀬産業へしたことを話せばどうなるか、彼女もわかっているようだ。

「そうです。では、話しやすい場所へ行きましょうか」

校舎の外れにある空き教室へ向かう間も、彼女は一言も話さなかった。

「それで、何かわかりましたか？」

「……はい。私が、何も知らなかったことは、わかりました」

優姫の表情は暗い。今まで、私を断罪するかのようだった口調にも力はない。

「参考までに、あなたが知ったことを教えてもらえますか？」

逡巡の後、彼女が自分の調べたことをぽつりぽつりと話し始めた。

「思っていた以上に、しっかりと調べたようですね」

彼女の話は詳細で正確だった。聞いている間、私は幸せだったかつての日々を思い出し、そしてそれを全て失った時の心の傷を撫でられているかのようだった。

「あなたの気持ちがわかるとは言いません。でも……それでも、鷹槻さんたちにあんなことをするのは間違っています」

「そうですね。間違っているでしょうね」

「だったら――」

「では会社を失って妻と共に自殺……いや、自殺に追い込まれた。そんな目に遭わされた人間が間違っていたと？　あなたや鷹槻たちにとっては、テレビの向こう側でしか知らない遠い国の出来事や、生まれる前の過去の話と変わらないのでしょうね。でも、私にとっては現実だ。忘れることのできない事実だ」

「それは……そうでしょうけど……でも……」

反論か、箴言か、それとも慰めか。優姫は言葉を探すように幾度か口を開いては閉じる。

「ねえ、綾織先生。もしもそんな目に遭った人間が、原因となった『家』の娘たちが何も知らずに幸せに笑っているのを目にしたら、どう思うかわかりますか？」

「わかるとは言いません。でも鷹槻さんたちに罪はないはずです。あの子たちを巻きこむのをやめてください」

「ええ。そうですね。報復するなら企業を相手にすべきでしょう」

「だったら──」

「個人で可能なら、ですが」

私の言葉に、優姫は口を噤むしかなかった。

「そうです。今、あなたが考えた通りですよ。『鷹槻』だけでなく、綾織先生、あなたのご実家でさえも個人でどうにかできる相手ではありません」

『鷹槻』や『日樫』、そして『芳谷』がこのことを知ったら表沙汰になる前に全て『無かったこと』にするくらいはできるはず。

綾織でも、私をこの学校からどこか遠い場所へと転勤をさせた上で、黙らせるくらいのことはできるだろう。

「彼女たちは、報復のために必要不可欠な存在です。私のしていることが人の道を外れていることだとわかっていても……いえ、だからこそ効果があるんですよ」

「で、でもっ」

「綾織先生、あなたはとても生徒思いですね。でも、テニスで勝負をして負けたのはあなただ。私のすることに口を挟まないという約束をしたはずです。それとも、あなたが私の怒りを、憎しみを鷹槻たちの代わりに全て受け入れてくれるのならば報復は別の方法を考えてもいい」

「別の方法ですか？」

「そうですね……たとえば、婚約者を裏切って、私の子供を孕んでもらいましょうか。そうすれば、少なくともあなたたちの家に対しての報復としては十分だ」

「そんなこと受け入れられるはずないって、わかっているでしょう」

「でしょうね。私としても、自分の子供をそんな目に遭わせるつもりはありませんよ」

「……からかったんですか？」

怒りを滲ませ、私を睨み付けてくる。

「からかう？　違いますよ。試したんです。あなたは私に対して、ダメ、許さない、できないと言ってばかりだ。こちらの提案を一つも受け入れるつもりなんて、始めからないんですよ」

「そ、そんなことはありませんっ。あなたが私にできないことばかりを言うからじゃないですかっ」

「これ以上はいくら話しても無駄でしょう。あなたは何も知らなかった。何も見なかった。そうして、自分は安全な場所で教師ごっこをしていればいい」

「ごっこ……!?」

挑発だとわかっているだろうが、受け流すことのできない言葉だったのだろう。

「手を差し伸べようとしたけれど、あなたは何もできなかった。助けたいと口にしながらも身代わりになってまで救おうとはしなかった。教師ごっこと言われても否定できないでしょう？」

「そ、それは……で、でも、他のことならっ。他に何かないですか？　私にできることがあれば、そうすれば――」

「あなたにできることですか」

催眠は順調に深化している。ここで条件を出すまでもなく時間をかければ優姫を思うままにできるだろう。

「ふむ……では、子供を孕めとは言いません。彼女たちの身代わりにその身を差しだしてもらいましょうか」

「ですから、そんなことはできないと――」

「婚約者を裏切りたくない。妊娠も嫌だ。だったら……ケツマンコで私を受け入れてもらいましょうか」

「な、な、な……」

優姫は嫌悪感に顔を歪めて、射殺しそうな目で私を睨みつけてくる。

「婚約者は決してそこに触れたりはしないでしょう？　だから裏切ったことにならない。

あなたが自ら望み、ねだるのならば、それで妥協してさしあげましょう」

ただの気まぐれと、正気に戻った時にショックを与えるために開発させているのだ。せっかくだし利用させてもらうとしよう。

「な、なぜそんなことをしなくちゃいけないんですかっ!! ケツマンコは、夫のために拡張するもので、他人に使わせたりできません!」

強気の反論。だが彼女は自分がおかしなことを言っている自覚はない。

「あなたがそれほどに嫌悪し、拒絶しているからですよ。そうでなければ報復にならない」

「そんなことをしても、ご両親は生き返ったりしません。清瀬先生、父たちに謝罪をしてもらうように伝えます。私にできる範囲でならお金も用意します。だから――」

「そんなことを私が望んでいるとでも? 私は両親を死に追いやった人間に苦しんでもらいたいだけなんですよ」

「そんな……」

「だからこそ、純潔であることが自らの価値だと思っていた鷹槻を穢し、私を相手に上手く立ち回れると信じていた日樫を弄び、そして明日美くんが私へ向ける好意を踏みにじった」

「そんなことをして、あなたは満足できるんですか⁉」

「最初から私自身の満足など求めていませんよ」

「ただの私怨じゃない。最低よ。自分が何を言っているのかわかっているのっ⁉」

感情が昂ったのか、優姫が声を荒げる。

「最低というのは『鷹槻』を始め、あなたや婚約者の家が、私の両親に対してしたことを言うのではないですか？」

「それは……」

「生きていればやり直しもできるかもしれないが、死ねば終わりです。それとも、関係者全てに死んでもらうほうがよいと言うんですか？」

「そんなこと……そんなこと言ってないわ」

「そうとしか聞こえませんよ。しかし、それもいいかもしれませんね。時間はかかっても、一人ずつ催眠で自死させていくのも――」

「ま、待って！　そんなこと考えないでっ」

「どうして私があなたの言うことを聞かなくてはいけないんですか？」

にっこりと笑いかけてやると、優姫は顔をうつむける。

「します……すれば、いいんでしょう？」

「何をするんですか？」

「だから………わ、私が……あなたの言うことを聞けば、いいんでしょう？」

「勘違いしないでください。私はあなたに言うことを聞いてほしいなどと、お願いした覚えはありませんよ?」

「お、お願い……します。私が、鷹槻さんたちの代わりにあなたを受け入れるから、彼女たちに手を出さないで」

「それは、本気で言っているんですか?」

「本気よ」

「では、どうすればいいのかわかっているでしょう?」

優姫は羞恥と屈辱に顔を真っ赤にしながらも、ゆっくりと私に背中を向けた。

目を伏せ、唇が白くなるほど強く噛みしめながら、尻を突き出すような格好をする。

「わ、私の…………ケツマンコを、使ってください」

「すばらしい精神ですね。あなたのしていることを教師ごっこだなどと言ったことは撤回しましょう」

催眠状態ではなく、自分の意思で、自分の選択で、彼女は私の行為を受け入れることを決めた。

教え子たちのために自らを犠牲にする。その気高い精神は希有なものだ。その気持ちを利用して彼女を穢す。それでこそ報復となる。

私は、さっそく手を伸ばすと、ますます女らしさを増して丸みを帯びてきた優姫の尻をゆっくりと撫でまわす。

「う……」

嫌悪からか、優姫は顔を歪めながらも私のなすがままだ。

「まだ、触っているだけですよ。それとも、やめますか？　あなたがそう言えば、すぐにでも――」

「やめないで、ください」

私の言葉を遮るように、優姫が呟く。

「わかりました。とはいえ、とめたくなったらいつでも言ってください」

尻を撫で回していた手を下ろし、太ももに触れると、びくりと腰が小さく跳ねた。

さて、どこまでがんばれるかな。意地の悪いことを考えながら、私はスカートをぐっとまくり上げ、ストッキングをゆっくりと引き下ろすと、優姫の嫌悪感を引き出すように太ももにねっとりと手を這わせる。

「う……く……」

露になったパンツ、その中心はわずかに色が変わっている。

本人が私に嫌悪感を持っていようが、セックスを望んでいなくても、日々の開発によって体は変わってきている。

「足をもう少し開いてもらえますか？」

催眠状態ではないので、指示を出してもすぐに従ったりはしない。

「どうしたんですか？　嫌ならそう言ってくれれば――」

同じようなやりとりを嫌ったのか、優姫は無言のまま、さらに足を開く。

「嫌がっているようでしたが、ここはずいぶんと湿っているようですね」

パンツ越しに軽く割れ目を撫でると、私の手から逃れるように体を捩って睨みつけてくる。

「そっちには触らないでっ」

「失礼。約束をしていましたね。こちらだけにしましょう」

お尻の割れ目をなぞるように撫で、尻タブを揉みしだく。

「う、あ……い、いやぁ……」

「ケツマンコを弄りやすいように、さっきと同じ格好をしてください」

観念したのか、一度はしたからか、優姫は先ほどよりは抵抗なく尻を突き出すような格好を取った。

ぷりっとした張りのある尻に手を這わせ、尻穴の辺りに指を押し付ける。

「ひっ⁉」

緩急を付けながら、指の腹でアナルをグリグリと擦る。

「う……く、ふ……」

優姫の息が少しずつ乱れてきた。

「こんなところを弄られて、気持ちいいんですか？」

「そんなこと、あるわけないでしょ」

吐き捨てるように言う。だが、彼女の体は言葉とは裏腹に感じているのだろう。パンツに滲む愛液の染みがじわじわと広がっていく。

「それは残念。ですが、こちらはおまんこと違って、本来は出すためだけの場所ですからね。ちゃんと準備をしておきますか」

パンツに指をかけて、一気に引き下ろした。

「あ……!?」

自分の恥ずかしい場所が全て露になり、優姫は顔を真っ赤にして唇を噛みしめている。

「ほう、自分で弄っているわりには形も色も綺麗なままですね」

色素の沈着もほとんどない窄まりは、刺激を求めているかのようにひくついている。

「弄っている？　そんなところを？　するわけないでしょう。何を言ってるの？」

彼女にとっては『花嫁修業』で、尻穴の開発は無自覚に行っているんだった。催眠はうまく作用しているようだな。

「そうですか。では、今日はしっかりとケツマンコの使い方を知ってもらいましょう」

そう告げると、私は優姫の尻穴を優しく撫でる。

「いっ、あ……や、いやぁ……」

リズムを付けるようにピタピタと軽く叩き、皺を伸ばすように指を撫でつける。

「このままでは入れにくいでしょうし、せっかくおまんこをビショビショにしているようですから潤滑液代わりにしましょうか」

優姫の羞恥を煽るように尻穴をたっぷりと弄ってから、ペニスを股間に擦りつける。

「あ……いや、そっちは……」

「わかっていますよ。十分に濡れたようですし、あまり焦らしてもしかたないですからね。では、初めてのケツマンコをいただきますか」

愛液で濡れ光るペニスを優姫のアナルに押し付ける。

「あ……や、やっぱり……」

腰を押し付け尻穴にペニスを埋めていく。

「あ、あ、いやぁ……あ、あくっ……ん、ふぅう……こんな、こと……あ、くぅ……」

「痛みはないでしょう?」

私の問いかけに優姫は答えない。

「何も言いたくありませんか。では、私も好きにさせていただきましょう」

そう告げると、私は優姫のアナルを責め始めた。最初はゆっくりと、浅い出入りで、入り口付近を刺激する。

「んっ、いやっ、いやっ、やっぱり、お尻でなんて……あ、あ……いやああっ！」

頭を激しく振りたくり、必死に抵抗をしている。

否定しても、優姫の体はますます熱を帯び、アナルは柔らかくほぐれてきている。

「初めてで、しかもこんなところで感じるなんて、優姫はいやらしい女ですね」

「ちが……んおっ、こんな、私……お尻で、こんな……感じてなんて、ない……んっ、おっ、んうっ、おぅっ、違う……違う……」

必死に否定しているが、反応を見れば一目瞭然だ。白い肌は桜色に染まり、玉のような汗を滲ませている。

「違う？　何がですか？」

「ん……ん、は……ど、して……んっ、んっ、は、あ……くぅ……お尻で、こんなこと、してるのに……ん、んっ」

カリ首で尻穴を引っ掻くように小刻みに腰を使うと、優姫はいっそう甘く喘ぐ。

「うく、お尻でなんて、こんな変態みたいなこと……お、んふっ、もう十分でしょ？　終わらせてっ」

「何を言っているんですか。まだ始めたばかりですよ。それとも普通のセックスのほうがいいんですか？」

「そんなの、ダメ……私は、京弥さんだけ。京弥さん以外となんて、死んでもいやっ」

「では、このまま続けましょう。どうやら、優姫も本当に嫌というわけではないようですし」

「な、何を言ってるの？　嫌に決まって……んふうっ!?」

ずんっと深く突き上げると、甘い声と共にぐっと背中を反らす。

「本当に嫌ですか？」

ペニスがアナルを出入りするたびに直腸を擦り、ねっとりとした淫音が響く。

「う、く……は、あ……ん、ん……あ、お……んうっ、は、あ……な、なんで……んんっ」

「だいぶ気持ちよくなってきたんじゃないですか？」

「ん、は……そんな、こと……ないわ。そんなこと、ない……！」

必死に否定しているが、優姫は戸惑いを隠せない。

そうだろう。本当ならば『初めて』のことだ。嫌悪感を覚える行為だ。

だが、優姫のアナルはしっかりと私のペニスを受け入れ、それどころか快感さえ覚えているのだ。

「そうですか？　では、もう少し激しくしてみましょうか」

「え……？　んんんうっ!?」

腰を大きく突き入れる。深くつながったまま、腰を速く、激しく前後させる。

「奥よりもこっちのほうがいいのかな？」

「あ、や……んくっ、は、や、やめっ。んおふっ。はああ……ん、おっ♥　んうっ♥」

腰を引き、ペニスに絡みついたアナルが山形に盛り上がる。

カリが抜ける直前まで引いたところで、再び押し入れる。浅く速いストローク。出して、入れて、突いて、引いて。より大胆に、激しくしていく。

「ん、はぅ……！　んっ♥　はうっ、んあっ、んふっ、お、ぁ……ん、そんなにされたら、私、こわれちゃう……あ、あああ……いやあぁぁっ」

「大丈夫ですよ。もっとも……あなたの尻穴が、私のペニスの形になってしまうかもしれませんけれどね」

ぐちゅぐちゅと淫らな音を立てて、アナルを責め続ける。

「んあっ、あっ、い、いやっ。私は、京弥さんだけ……京弥さんのだからぁっ。やめっ、そんなことしないれ……」

優姫の訴えを聞き、腰の動きをとめる。

「ん……あ、はぁ、はぁ……は、ふ……どうして？」

「やめてほしいんでしょう？　だからですよ。もっとも、最後までしていないので、鷹槻たちのことは――」

「だ、ダメっ。やめないでっ。だから、あの子たちには何もしないでっ」

「そうですか、わかりました。とはいえ、このまま続けようにも私は疲れてしまいました。どうすればいいでしょうね？」

優姫は私が何をさせようとしているのか理解したのだろう。

「最低だわ。あなたは、最低よ」

羞恥に震え、吐き捨てるようにそう言いながらも、優姫は自ら腰を使い始めた。

「ん……ふ、あ……これで、いいんでしょう？　んっ、んうっ、あ、は……」

「悪くはないですが……もっと動いてもらわないと、いつまで経っても終わりませんよ？」

「わ、わかってるわよ……ん、ふうう……はあ……ん、んっ、あ、は……く、うっ」

尻を突き出して深くペニスを咥え込み、つながったままの状態で円を描くように腰をくねらせる。

「お、おお……いいですよ。尻穴を締めながら、もっと激しく腰を使ってください」

指示した通りに尻穴が収縮してペニスを締め付けてくる。腸壁と亀頭がぬるぬると擦れ、再び快感が強まっていく。

「く、うぅ……んんんっ♥」

それが快感だったのか、優姫は切なげな吐息と共に、軽く背筋を反らす。

私を責めながら、自分でも感じているのだろう。だが、彼女は決してそれを認めたりしないだろう。

少し面白いことを思いつき、私は優姫に催眠をかける。

「優姫、今からあなたは自分がされていることを、感じていることを、恥ずかしい言葉を使って説明をしながらセックスをするようになる。自分が何を言っているか自覚できるけれど、やめることはできない」

「説明しながら……する……自覚しても、やめられない……」

うまく催眠にかかったようだ。

「わ、私の……ケツマンコ、チンポで擦れて……んっ、熱くなっています……んんっ」

「熱くなっているだけですか？」

優姫の腰を掴み、ペニスを深く突き入れる。

「んおっ、んっ、あ……熱くて、ジンジンして……気持ちいい……ち、違う。そんなこと……」

「嘘をつかなくてもいいんですよ？」

さらに優姫を責めたてる。

「はうっ、あ、あ……気持ちい……です。ケツマンコ、擦れると、どんどん気持ちよくなって……はあ、はあ……ん、お……くっ」

「婚約者とのセックスと、どちらがいいですか？」

「それは……う、く……言えな……そんなこと、ん、んっ♥　あ、はぁぁ……！」

催眠に抵抗をしているが、その態度が答えとなっているのに気付いているのだろうか。

尻タブをしっかりと掴んで上下に揺すり、左右に引っ張りながら、ペニスを強く突き入れる。

「んうっ！　あ、あ……奥まで、きちゃってる……ケツマンコいっぱいになってるぅ……」

「どうしてほしいのか、言ってください」

「動いて……ケツマンコの中、全部……チンポで擦って……奥、いっぱい突いてぇっ」

淫らなおねだりをしたことで、よりいっそうの興奮を感じているのだろう。

「いいでしょう。では……ご希望の通りにしましょう」

十分過ぎるほどにほぐれたアナルを、激しく責め立てる。

じゅぐっ、じゅぷ、じゅっ、じゅぷっ。

尻穴が盛り上がり、ペニスがズボズボと出入りするたびに、腸液がねっとりとした水音を奏でる。

肌と肌を打ち付け合う音の間隔が早く、短くなっていく。

「いぐ…………いくっ、ケツマンコで、いくっ、ケツマンコ、じゅぽじゅぽされるの、きもひい……いいのぉっ！」

「好きでもない相手のチンポを、後ろの穴で受けてイくんですね？」

「う……あ、あぁぁ……いわないれぇ……こんらのいやぁ……！　いや、なのに、がまん、れきな……いく、いく、いくいくいくっ」

優姫は尻を突き上げ、自分から淫らに振りたくり、絶頂へと向かって昂っていく。

「いいですよ……私も、もうすぐ……くっ」

「はっ、あっ、んあっ♥ ケツマンコ、ケツマンコに、ザーメンだしてっ、いっぱい、熱いの出してぇ……！」

自分が誰に何をねだっているのかわかっているのか？

だが、私ももう限界だった。

「優姫、出るっ、優姫の中に、全部、出しますよっ！」

「んっ♥ おうっ、んおっ、らひて……だして、だしてっ、ケツマンコ、いっぱいにしてぇ……！」

尻を押し付け、ペニスを根元まで受け入れると、ぎゅうっとアナルが締まった。

「く……ああっ！」

びゅくっ。どぴゅううううっ。びゅく、どぷ、びゅくんっ！

「んひうっ!? んほおおおおおおおおおおおおおおおおおおっ!!」

普段の優姫からは考えられないような嬌声を上げ、全身を震わせる。

「あ、ああ……出てる。ケツマンコに、しゃせー、されて……あ、はあぁ……♥」

私はゆっくりとペニスを前後させ、最後の一滴まで射精をしつつ、彼女のアナルを責め続ける。

「ケツマンコ……こんな、きもひ……いいなんて……しっちゃったら……私……んん……」

うねり、収縮している尻穴からペニスを引き抜くと、ぽっかりと開いたまま、ピンク色の粘膜を晒していた。


「あ、ああ……う、そ……こんな、私……」

優姫は半ば呆然とした顔で呟く。

最後は自分から望み、ねだり、腰を振りたくってアナルで絶頂をしたのだ。

それも、催眠とは関係なく。

今までは言い訳もできた。自分は操られているのだと、そう否定できた。

だが、今回は催眠をかけていない。

彼女は彼女の意思で、選択で、アナルとはいえ婚約者以外の男を受け入れたのだ。

「京弥さん、ごめんなさい……ごめんなさい……」

優姫はまるで壊れた機械のように、婚約者への謝罪をくり返す。

「謝ることはないでしょう。あなたは婚約者を裏切ったわけじゃない。教え子たちのために、ケツマンコで他人の男を受け入れただけですから。もっとも最後のほうはだいぶ気持ちよさそうにしていましたが」

「あ、ああ……ちが、違うのっ。あんなの、違う……私……違う……うっ、うく……ごめんなさい、京弥さん……う、うっ……」

優姫の目の端から、ぽろぽろと涙が溢れ、頬を伝って流れていく。

「この程度で泣いていては、今後はもっと大変ですよ」

「今後……？」

「まさか一度で終わりだなんて思っていないですよね？　あなたには、これからもたっぷりと屈辱と恥辱をしっかりと味わってもらうんですから」

「これ以上、何をするつもりなんですか……？」

「まだ決めていませんが、今、体験した以上の屈辱や恥辱と同じくらいの『何か』を」

「あ……い、や……いや、もう……いや……」

優姫は涙をこぼしながら、小さな子供のように頭を振る。

「鷹槻たちのためにどんなことでもするんじゃないんですか？　あなたが私を受け入れている間は、彼女たちは『何も知らずに、幸せに笑っていられる』のだから」

「あ……」

私の言いたいことを理解したのだろう。優姫は怯えたような眼差しを私に向ける。

「そうです。報復などやめればいいと、あなただけが何もせずに苦しみ続ければいい。あなただけが憎しみを呑み込み犠牲になればいい――あなたが私にしろと言っていたことです」

「そんなつもりで言ったんじゃないわ。私は……」

「ええ。わかっています。あなたは自分の両親に私へ謝罪をさせ、お金を用意すると言いました。それは見当違いではありましたが償おうとした。だから……あなたが、もう悩まなくていいようにしてあげましょう」

スマホを取り出し、彼女の前にかざす。

「あ………」

涙で潤んだ瞳が虚ろへと変わる。

私は彼女に新しい暗示を与えることにした。

それは、アナルセックスをしたショックと婚約者を裏切ってしまったという罪悪感から、逃避を望んでいた彼女にとっての救いとなったのだろう。

優姫は私の催眠を、今まで以上にあっさりと受け入れた。

第三章
牝教師に変わるとき

「う、お……本当に上手くなりましたね」

屋上へと出る扉に背中を預けている私の前に跪き、優姫はうっとりとペニスに舌を這わせる。

「ん、れる……こんらに、なんろもひてれば……ん、ちゅ、慣れるのは、当然れふ……れる、れろぉ……」

「そうですね。とはいえ、努力に見合った褒美は必要ですね」

「ほうひょう……？」

唇で亀頭をはむはむと甘噛みしながら、上目遣いに私を見つめてくる。

「ええ。そういうことですので――」

スマホを使って催眠状態に落とすと、白く虚ろになった思考に新しいルールを刻み込んでいく。

「口マンコというくらいですから、あなたはフェラをする時はセックスと同じように感じるようになります」

「口マンコ……セックスと同じ……」

「ええ。その通りです。大好きなチンポを咥えると、優姫は今まで以上に気持ちよくなる。舌はクリトリスと同じくらいに敏感になり、熱心に奉仕するほど快感は強くなります」

「今まで以上に、気持ちいい……」

私の指示をくり返す言葉に、優姫が何を求めているのか滲み出ているようだ。

「ですが、フェラチオをしている時は口に射精されるまで決して絶頂できません。ザーメンの味と匂いを感じ、それを飲み込んだらイってもいいですよ。わかりましたか？」

「口に射精されたら……イク……わかり、ました……」

「それでは、再開してもらいましょうか」

「ん、あ……ら……？」

催眠を解くと、彼女は軽く頭を振る。

「私、何を……ああ、そうでした。口マンコの使い方の練習中だったんですよね。すみません」

そう言うと大きく口を開いて、再び私のペニスを深く咥えこんだ。

「んんんっ!?」

驚きに目を見開き、体をゾクゾクと震わせる。

「ん……れる……んぅっ♥　ん、ちゅ、れろ……んんっ♥　ん、ふぅ……ふぅ、は、む……んんっ」

明らかに彼女の反応が変わった。目尻がとろりと垂れ下がり、鼻息は荒くなっている。今まで以上の快感を覚えているのは間違いない。

「ん……んんふっ♥　れろっ、んあっ、ひゅごい……ほれ、きもひいい♥　くひまんこ、きもひい……んっ♥　れるるっ、じゅるっ、ちゅぷっ、ちゅぐっ」

少しずつ動きが激しくなり、チンポを離さないとばかりに、鼻の下を伸ばして吸い付いてくる。

「んっ、じゅるっ、ちゅむっ、じゅるっ。らひて……たくはん、らひて……んっ、んっ、んっ」

優姫が頭を前後させる動きが速まり、ペニスに絡みつく舌の動きが激しくなる。

「お、おおお……そんなにされたら、くぅっ！　イキそうです」

「ちゅむっ、じゅぷっ、ちゅぐっ、ん……くらはい、ざーめん……くちまんほに、らひて、くらはい……」

「く……あ。出しますよっ」

「じゅちゅ、ちゅぐっ、ちゅ、じゅうううううっ！」

喉奥深くまでチンポを咥え、淫らな音を立てて強く吸い付いてくる。

「くうっ、おお……！」

「んんんっ！　ん、ごく、ごく……ん、んくっ、んっ♥　こく、ん、ふうぅ……♥」

幸せそうな笑みを浮かべ、口内いっぱいに出した精液を飲み干していく。

すっかりフェラチオに抵抗がなくなったようだ。それどころか、自ら進んでペニスを咥え、しゃぶるようになっている。

学校内のあちらこちらで、時間のさえあればフェラチオをして、口内射精で快感を覚え、アナルセックスで絶頂を迎える。

彼女は無自覚に、無意識にエロ漬けの日々をおくるようになっている。

日常の延長、催眠でそう思いこまされていても影響は出ているのだろう。

指示したわけでもないのに、優姫が身に付けている下着は、前のような清楚さや可憐さのあるものよりも、男を誘うようなエロさやきわどいものへとなっている。それだけではない、身に付けているスーツも変化した。スカートの丈は短めに、そして体のラインがはっきりわかるようなものになった。

想定していなかった変化だが、それならばより相応しい状況で授業をしてもらうのも一興だろう。

「優姫、これを見てください。いいですか、次の授業の時に――」

「それじゃ、今日はこの前の続きから。教科書の167ページを開いて」

教卓から教室を見渡す。興味が薄いのか、窓の外を眺めていたり、こっそりとスマホを弄ったり、本を読んでいる子もいる。

ああいう生徒は、何度、注意しても言うことを聞いてくれないのよね……。

教えている子たち全員に、ちゃんと勉強をしてほしいとは思うけれど、実際には難しい。

後で注意して、プリントを作って課題にするしかないわね。内心でため息をつきながら、私は真面目に授業を聞いてくれる子たちのためと気持ちを切り替える。

「では――」

授業を始めようとした瞬間、股間に違和感を覚えた。

な、なに……⁉

低い振動音と、そして刺激が、あそことケツマンコに生まれる。

自分が何をしているのか理解して、私は思わず息を呑んだ。

なんで、こんなことをしているの⁉

「先生？」

一番前の席に座っている女生徒が、私に訝しげな眼差しを向けてくる。

「何かしら？」

なんでもない顔をして、にっこりと笑いかける。

……うまく笑えているかしら。

「えと……なんでも、ありません」

「そう？　でもせっかくだから、まずはこの前の続きのところから読んでもらえる？」

「え？　あ、はいっ」

教科書を持って立ち上がると、音読を始める。

私はさりげなく教卓に立ち、下半身を生徒たちから見えないようにする。

教卓に手をついて教室を見回す。

幸い、誰も私の状態に気づいてはいないみたいだった。

ほっとしたのもつかの間。まるでタイミングを見計らったかのように、振動が強くなる。

それだけじゃなく、体の中に入っている異物感がより強く、大きくなった。

どうなっているの……⁉

「んっ、ふ……っ　う、く……」

声が漏れるのを必死に我慢する。どうにかして、これをやめなくちゃ。

そう思っているのに『どうやったらやめられるのか』がわからない。

これ、催眠術だわ。今、私はあの男に認識を歪められ、弄ばれている。

でも、それがわかってもどうにもならない。

今できるのは周りに気づかれないようにしながら、どうにかこの時間を乗り越えることだけ。

「……であった。その時、私は――あの、先生。教科書のどこまで読めばいいんですか？」

「え？　あ。そうね。そこまでにしましょうか。ありがとう。では、今のところで、作者が伝えたかったことは何かしら？　今日は17日だったわね。出席番号17番の、田辺《たなべ》さん、答えてもらえるかしら？」

態度に出さないように必死に笑顔を作って授業を進める。こうしている間も股間の震動は止まらず、強制的に甘い快感が広がり、体を満たしていく。

「ん、ふ……は、あ………」

口を軽く開けて、気付かれないように息を吐く。

「先生、顔……赤くなってませんか？　もしかして風邪とか？」

「え？　え、ええ。どうかしら……自分では、わからないけれど」

心配してくれる生徒の言葉に、曖昧な返事をしながらも、この状況をどうするか考え続ける。

けれども端からそう見えるのならば今はそれを利用させてもらいましょう。少しの間、自習にしてトイレか人気のないところでコレを取り出さなくちゃ。

「ごめんなさい。念のために保健室で熱を測ってくるわね。すぐに戻るから少しだけ自習をしていてもらえるかしら」

震える足で教室を出て、急いでトイレへ向かう。

早く、早く、早く行かなくちゃ……！

しんと静まり返った人気のない廊下を抜け、階段を降りる。そこで私はふと気付いた。

「……私、どうして教室を出たのかしら？」

自分がしたことなのに、理由がわからない。思い出せない。

……たぶん、これも催眠術のせいよね？

もしかしたら、あの男がどこかで私を待ち伏せているかもしれない。彼の思惑に乗ったりしない。操られるままになってたまるものですか。

今すぐ戻れば大丈夫。私に何かをしようとしていたとしても、生徒たちの前ではできないはず。

そう考えてから私は踵を返すと、階段を降りて教室へ戻った。

「先生、早かったですね。熱は大丈夫だったんですか？」

「熱……？」

そんなこと――。

「んんんんっ⁉」

股間から鋭い快感が背筋を駆け上っていく。

どうして外に出ようとしたのか、私は思い出した。いえ、認識できるようになった。外に出ることが罠じゃない。この教室から離れられないように考えることこそが罠だった。

「先生、どうしたんですか？」

「え、あ……な、なんでもないの。ごめんなさい」

思い出すと同時に、さっきまでの刺激と快感が再び戻ってくる。

おまんこと、ケツマンコの中で、低く振動しながら暴れまわる異物の感触は、よりいっそう強くなったかのようだった。

「はあ、はあ……ん、はあ……」

足が震える。腰が勝手に小刻みに揺れる。

ダメ、ダメよ。今は授業中なのに、たくさんの生徒たちに見られているのに。

唇を噛みしめ、手を握り、必死に快感に耐える。股間は愛液ですっかりと濡れ、パンツがぴったりと張り付いて、気持ち悪い。

「はっ、はあ……んっ、ふ……はぁ、はぁ、ん、ふ……」

「先生、顔が真っ赤ですよ。やっぱり調子が悪いんじゃないですか？」

「な、なんでもないわ。大丈夫よ」

「そうですか？」

さっきまでよそ見をしたり、こっそりとスマホをいじっていた子たちも、私のことをじっと見ている。

私、こんな恥ずかしい姿を見られている。たくさんの視線に晒され、背筋が震える。

「はあ、はあ……ん、は…………んふっ、は……」

声が出ないように深く、ゆっくりと息をしながら少しでも刺激を減らそうと、私は軽く足を開いた。

そうすると、前後の穴に入っているおもちゃがにゅるりと抜けそうになる。

こんなものを落としたら大変なことになっちゃう。

私は慌てて膝をすり合わせるようにぎゅっと足を締めつけた。

「んうっ!?」

押し戻されるように体の奥へとおもちゃが入ってきた刺激に、思わず声が漏れる。

「ん……んっ♥　あ、は…………ん、ふっ、あ、は……」

なんで、どうして、こんなに気持ちがいいの?

ジンジンと痺れるような快感と共に、おまんこからトロトロと愛液が溢れてくる。火傷しそうなくらいにケツマンコが熱くなっている。

このままだと、授業にならない。外に出て逃げることもできない。だったら……終わらせてしまえばいい。一度、イッてしまえば、少しは落ち着くはず。

みんなの気を逸らして、おまんことケツマンコからおもちゃを取り出せば、こんな最低な状況から抜けられる。

そうよ。授業のため。生徒たちのためにも、気づかれないように、イッてしまえばいい。こんなに気持ちいいのに、我慢をし続けるなんて無理。表情に出さなければ、わからないはず。声を出さなければ、きっと大丈夫。

「……っ、ふっ、はあ、はあ……ん、ふっ、ふっ、はあ、はあ……」

口を軽く開けて、声が出ないように息を吐く。

気持ちいい。いまは少しだけその感覚に身を任せて――。

「先生、なんか変じゃね？」

「だねー。先生、さっきからすごく色っぽい顔をしてるし」

「え？　な、何を言ってるのかしら」

「太もものとこ、濡れてないっすか？」

「それに、なんかエロい匂いがする」

「そんなこと……んっ、ないわよ？」

気づかれちゃう。気づかれちゃう。私が今、おもちゃをおまんことケツマンコに入れてるなんて知られてしまう。

このままでは教師でいられなくなる。いいえ、それどころか学校に、世間に――何よりも、京弥さんに知られてしまったら？

いや、いやっ。そんなこと、絶対にいやっ。

「ごめ……なさ……。やっぱり、調子が悪いみたい……自習……していて。私、少し、休んでくるわね」

どうにかそれだけ言うと、私は教室の扉へと向かう。

「どこに行くんですか、先生」

男子生徒の一人が、私の腕をつかむ。

「あ……は、離して……」

「まだ授業中だよ？　先生なんだから、ちゃんとしてくれなくちゃ」

女生徒があきれたような眼差しを向けてくる。

「おねが……外に……」

「ねえねえ、なんか変な音しない？」

「なんか低い振動音みたいな感じ？」

「な、なにを言っているのかしら？」

「先生、惚けるの下手すぎ。まだ気づかれていないとでも思っている？」

「マジで？　こんなエロ顔して、エロい匂いをさせているのに？」

嘲るような眼差しと共に蔑みと欲情を含んだ言葉を投げかけてくる。

「あ、あなたたち……」

「授業中に、何をしているんだろうな」

「みんなで確かめようぜ！」

「な、なにを……」

生徒たちは立ち上がると、私のほうへやってくる。

バレてしまう。授業中にいやらしいおもちゃをおまんこやケツマンコに入れていることが。

逃げなくちゃ。ここから、今すぐ。

「い、いやっ!!」

私を捕まえようと伸ばされた腕をかいくぐり、外へ――。

「おっと、逃がすわけないだろ」

「俺らがサボるとうるせーのに、自分は授業を放棄するつもりなんですかねぇ」

「そういうのはいいから、先に何をしているのか確かめましょうよ」

女生徒が容赦なくスカートをまくる。

「あっ!? だ、ダメっ。見ないでっ!!」

急いでスカートを下ろそうとしたけれど、左右から伸びてきた手が私の両腕をしっかりと握り、動きを封じられてしまう。

「うわー。授業中なのに、おまんこにこんなもの入れてたんだ。インランじゃん」

「ケツにもぶっといのを咥えこんでるな」

「同じ女として信じらんない。先生ってばさいてー」

私を取り囲んでいる生徒たちは、男女を問わずに嘲笑を浮かべている。

「見ないでとか言ってるけど、本当は逆なんじゃないのか？」

「先生、腰がカクカク動いてる。すっごくエロいな」

「このままイクところまで見せてもらおうぜ」

私を取り囲んだ男子に両腕を掴まれ、腰を押さえられる。そのままうつぶせで、股間を教卓の角に押し付けられてしまう。

「ひっ⁉　い、いやっ。やめ……んんんんっ♥」

ぐいっと、バイブが深く突き刺さる。おまんこの奥、子宮を押し上げられる刺激につい甘い声が漏れる。

「や、やめなさいっ。お願い、やめてっ」

「やめてとか言って、本当は気持ちいいんじゃないのか？　こういうこと、されたいんだろう？」

お尻に刺さっているバイブを激しく出し入れされる。

「そんなわけな――ひうッ⁉　あ、や……ケツマンコ、ズポズポしないでっ」

「やだー。ケツマンコとか言っちゃうんだ。いい先生だと思ってたのに、幻滅ー」

股間がより強く擦れるように、お尻を揉みながら上下に揺すられる。同時に、再びケツマンコを激しく責めたてられる。

「あっ、あっ、や、ダメっ、ダメ、これ以上、本当に、ダメ……んっ、あぁぁ♥　んぁっ、ふぅ、ん、くううっ♥」

授業中なのに、私、何をしているのかしら？

「やめて、やめて、もう、やめてぇ……！」

必死に抵抗するけれど、それさえも楽しんでいるみたいだった。

逃げなくちゃ。やめさせなくちゃ。そう思っているのに、羞恥と快感で頭が白く染まっていく。

「ダメ、ダメ、ダメ、ダメぇ……‼」

「ダメじゃないだろ？　先生、気持ちいいんだろ？　恥ずかしい姿をみんなに見られて、おまんことケツマンコを弄られて、感じてるんだろっ」

「あ、あっ、ああ……そ、そんな……そんなことぉ……んっ♥　あ、あふっ♥」

否定、できなくなっていく。だって、こんなにも気持ちいい。すごく、いい……おまんこも、ケツマンコも、たまらなく気持ちいいのっ‼

もう、ダメ。もう、やめられない！

「ひ、あっ、い、いくっ。あっ♥ あっ♥ い、いくっ。いっちゃう。あ、あああっ♥」

足がつりそうなくらいにぐっとつま先が伸びて、腰が高くはねた。

「ふあっ、い…………!!」

快感がはじけた。

「んあああああああああああああああああっ!!」

生徒たちに囲まれ、見られながら、私はあられもない嬌声と共に絶頂を迎えた。

「…………っ! あ……う…………………ん、ふうっ……」

ああ……私、授業中に……生徒たちの前なのに……淫らなおもちゃで、イッちゃった……。

たまらない快感の余韻と最低な気分の中、授業終了のチャイムを聞いていた。

空き教室で一人、優姫は絶頂を迎えてぐったりと倒れ込んでいる。

今回の行為は、報復はもちろん、彼女の記憶と認識に関して、どの程度まで操れるか確かめる意味もあった。

最初のうちは本当に生徒たちを相手に授業をしていたが、途中から彼女を襲った生徒たちの言動は全て幻覚だ。

優姫は、自習を言い渡して外へ出た後に元の教室へと戻ったつもりでいたようだが、実際には誰もいない空き教室で痴態を晒していたというわけだ。

もっとも本人にとっては、すべて現実と変わらないように感じていたはずだが。

「ん、あ、はああ……あ、ふぅ……♥」

上気した目元、潤みきった瞳、艶やかに濡れた唇。その全てが、強烈に男を刺激する。

すっかり雌の顔になった、とでも言うべきか。

とはいえ、優先すべき相手である鷹槻たちへの報復も詰めの最中だ。優姫に対しては、これくらいで十分じゃないだろうか？

彼女の家——綾織は、直接の報復相手である『鷹槻』たちほどではなく、間接的に関わっただけだ。そして、優姫は鷹槻桜花や日樫成実、明日美くんに比べても関わりは遠く薄い。

今の彼女なら記憶を消すことも可能かもしれない。そうなれば、もうこういうことをする必要もない。

「優姫、これからのことを、あなた自身に選んでもらいましょう」

未だに陶然としている優姫に、私は催眠をかけた。

「最低、最低、最低……！」

あんなに恥ずかしくて、淫らなことをさせられていたなんて。

自分がしてきたこと。自分がさせられたこと。私は今までのことをすべて思い出していた。

「許さない、絶対に……許さないわ」

悔しくて悲しくて涙が溢れてくる。

催眠術は解除されているようだけれど完全ではなく、私の行動や思考に対しての制限は残っていて、無自覚に操られている可能性もある。

だったら関わらなければいい。近づかなければいい。それが消極的な対処でしかないのはわかっているけれど、今は他にできることもない。

そう思っていたのに――。

「はあ、はあ……清瀬先生……だして、おまんこ……いいのっ、イク、イク……私の中に、出してぇ……！」

ふと、屋上の扉の向こうから蕩けきったいやらしい喘ぎ声が聞こえてくることに気付いた。

乱れて蕩けているけれど、知っている声だった。思い当たる相手に気づき、さあっと顔が青ざめた。

まさか……鷹槻さんなの？

前にも彼が屋上で芳谷さんにしていたことを思い出していた。

目撃した相手を催眠術でどうにかするつもりなのかもしれないけれど、うかつすぎないかしら？

確認するために、音を立てないようにゆっくりと扉を開いて、そっと屋上の様子をうかがう。

「はあ、はあ……もう、いいの。私は『鷹槻』に捨てられたの。だから、もう……先生だけなのっ」

まるで恋人同士のような甘い雰囲気で、深くつながっている二人。

校内にはまだ生徒たちがたくさん残っているのに、こんなところで何をしているの⁉

いいえ、きっとあの男の催眠のせいだわ。

私がどうにかしなくちゃ。私が助けてあげなくちゃ。今すぐ飛びこんで、鷹槻さんとあの男を引き離す。そして――。

そうして、どうするの？

私だって今も催眠術をかけられているかもしれない。ここで助けに入っても何もできず、それどころか鷹槻さんと二人一緒に、酷い目に遭わされるだけかもしれない。

そんな危険なことをするの？

彼女のために、自分の全てを投げ打つようなことをするの？

今なら、まだ何も知らなかったことにできる。何も見なかったことにすればいい。そうよ。あの男と関わらないように、できるだけ距離を置けばいい。

ううん。もう……教師を辞めてしまおう。

京弥さんと結婚して『家』に入れば、あの男も追いかけてこないはず。

そうすれば私はこれ以上、酷い目に遭うこともない。

前のように常識や記憶を変えられ、催眠術で操られるなんて、絶対に嫌。

「…………ごめん、なさい」

鷹槻さんにはきっと届かない。それをわかっていても、小さな声で謝ることしかできない。

未だに悦びの声を上げ、快感に喘ぐ鷹槻さんから逃れるようにその場から逃げ出した。


「彼女のことだから、助けに入ると思っていたんだがな……」

見廻りの途中で、優姫が私たちがセックスをしている現場に来るように催眠で誘導した。

しかし、彼女がどうするかの判断に関しては、催眠を一切使っていなかった。

「ん、はぁ……先生、何を言ってるの……？」

「ああ、いや。なんでもない。桜花は私とのセックスでイクまで、余計なことを考えなくていい」

「あ、はあぁ……♥　ん、わかったぁ……先生とのセックスだけ。先生に気持ちよくなってもらうことだけ……んっ♥　あっ♥　あはっ。チンポ、気持ちいい……！」

桜花は淫らに腰を振りたくり、一心に快感をむさぼる。

それにしても……残念ですよ、優姫――いや、綾織先生。

あなたは教え子を放って逃げ出した。人間であれば当然の反応だ。誰もが他人よりも自分が大切だ。だから逃げたことを責めるつもりはない。

しかし、自ら選択した行動の結果、彼女の未来は決まった。

優姫には、自らの取った行動に相応しい教師になってもらおう。


「あら……？」

ぼーっとしていたのか、気付いた時には私は本屋にいた。

近隣でも大きめの店はとても品揃えがよくて、前から利用をしていたところだ。

今日は少し居残って仕事を片付けて、それから……ここへ来たのよね？

どうしたのかしら、そのあたりの記憶が曖昧なままだ。

「……まあ、いいか」

気にするようなことじゃないわよね。

私は頭を軽く振ってもやもやした感じを追い出すと、奥にある一角、成年関係のコーナーへと向かった。

女性向けのセックスハウツー本と違って、まっすぐな欲望や性癖の詰まった本が並ぶ棚を丁寧に見て歩く。

私に気付いた男性がぎょっとしてそそくさと立ち去ってしまう。

なんであああいう態度を取るのかしら？　こういうことはセックスを受け入れる側の女の方が勉強して、詳しくなくちゃいけないのに。

正しい性知識のためにも、今後の授業でセックスについて触れたほうがいいかもしれないわね。

そんなことを考えながら、目に付いた雑誌や書籍を手に取っていく。

どんな性癖であっても受け入れるため、マニアックなプレイを知るため。そして何よりも、京弥さんに喜んでもらうために。

1時間以上かけて、さまざまなエロ本や官能小説を立ち読みし、少しでも興味があったものを全て購入する。

そうして本屋での買い物を済ませると、今度はアダルトショップへ向かった。

そこでも訝しげに見られたけれど、ローターやバイブ、アナルパール、ローションなどをまとめて購入する。

他には、紐のようなものや、股間や乳首の先に穴の空いている扇情的な下着なども。

いやらしい笑みを浮かべる男たちに見送られるように店を出ると、空はすっかり暗くなっていた。

これから人と会う予定があるのに、思っていた以上に時間がかかってしまった。

私の都合に合わせてもらったのに、待たせるわけにはいかないわよね。

私は購入した、たくさんのアダルトグッズをしっかりと持ち直すと、彼に会うために約束の場所へと向かった。


「ここが婚約者といつも使っているホテルなんですか」

「ええ、そうなんです。彼の家がやっているので、色々と融通を利かせてもらっているんですよ」

私は優姫と共に、彼女が婚約者とよく利用するホテルへと来ていた。

「いつも彼に甘えてばかりなので、本当はちょっと心苦しいところもあるんですけれどね」

「そういうところは優姫らしいですね。けれど、彼の好意に応えるために、こうして勉強をしているのだから気にすることはないんじゃないですか？」

「すみません、お忙しいのに私のワガママに付き合ってもらって」

「いえ、私のことは気にしないでください。それで、今日は男性への奉仕の仕方について知りたいんでしたよね」

「はい。私、口マンコの使い方を覚えて満足していたんですが、全然、何もわかっていなかったみたいです」

「それに気付いただけでも十分ですよ。では、これからやることを説明しましょう」

そう告げながらスマホを使い、優姫に催眠をかける。

彼女には、性的な技術を身に付けてもらう。セックスだけでなく、奉仕することが悦びとなれば、放っておいても自ら深みへとハマり、堕ちていくだろう。

「今から私の言うことをおかしいと思ったら言ってください。理解し、納得できたのならば、それがあなたにとっても当然のことだからです」

「おかしいと思ったら言う……納得できたら……当然のこと……」

ここで今までよりも、さらに深く彼女の常識に踏み込み、歪めていく。

「たくさんの資料を調べてわかったでしょう？　女性が想像する以上に、男はさまざまなことをしたがっていると」

「はい……驚きました……京弥さんもああいうことを考えているかもしれないって……」

「婚約者に限らず、男がどう考えるのか知ったはずです。そして、どうしたらいいのか、そのための知識も手に入れた。だから今まであなたのしてきたことも、別に特別おかしなことではないとわかったでしょう？」

「はい……おかしなことでは……ない、です……」

彼女自身の婚約者への気持ちを利用しつつ暗示を深めていく。

「あなたは婚約者のために、セックスのことを調べた。色々と覚えた。あとは実践するだけです。百聞は一見にしかずとも言いますからね」

「覚えたこと……実践する……」

常識を歪められた今の彼女にとっては、私の言うことは正しい。だからこうして本来ならおかしなことでも受け入れていく。

「では、今日は二人でお風呂に入る時にどうすればいいのか、お教えしましょう」

「お風呂の入り方ですか……？」

「一人の時と、男性に喜んでもらうための方法はまったく違うんですよ」

戸惑っている優姫の腕を取って浴室へと向かうと、衣服を脱ぎ捨てる。

「さあ、優姫も脱いでください」

「あ、あの……本当にするんですか？」

私に全裸を晒すことに抵抗があるのか、逡巡している。

「大丈夫です。これはただの練習ですから。優姫だって、そのための道具を選んで買ってきたのでしょう？」

「……そうですね」

　彼女はおずおずと服を脱いで全裸になった。

「では、ローションの作り方と、使用方法からやっていきましょう」

　未だに胸や股間を隠すようにしている優姫に、私は普段と同じように話しかける。

「洗面器にお湯をすくい、適量のローションを入れて……」

「こ、こうですか？」

「薄すぎず、ある程度の粘度を……そう、いい感じですよ」

　優姫の手から、薄まったローションがとろりと零れおちる。

「ずいぶんと、ぬるぬるしているんですね」

「知識だけでなく実践が必要だというのがわかりましたよね？」

「はい。そうですね」

「では、続けましょう。そのローションを、敷いてあるこのマットにたっぷりと塗ってください」

指示に従い、優姫がマットの上にローションを塗っていく。

「参考にしたアダルト映像で見たことがありませんか？　女性が自らの体で、男の体にローションを塗りつけていくのを」

「見たことはありますけれど……上手くできるかしら？」

「そうですね……初めてですし、優姫の体には私が塗ってさしあげましょう」

「え……？」

ねっとりと糸を引くローションを手の平ですくい上げ、戸惑っている優姫の乳房に塗りたくる。

「んっ♥　あ、は……あ、んん……！」

乳首はすぐに硬く勃起し、色味を増す。尖っている先端を左右に転がし、つまんだ指で上下に扱く。

「あああ……ん、はあぁ♥　ん、ふ……」

「痛いくらいに強くしても、ローションを使うと気持ちいいでしょう？」

「はい……乳首、気持ちい……ん、あ、ふぁ……♥」

優姫はうっとりと目を細めながら、素直に答える。

「次は、横になった私に添い寝するように抱きついて、乳房やおまんこを使ってローションを塗り広げてください」

「わかりました。やってみます」

　指示に素直に従い、優姫は私に密着するように抱きついてくる。

　大きな乳房がむにっと形を変え、柔らかな感触と共に肌の上を滑っていく。

「ん……は、ん、ふ……はあ、はあ……♥　手でしてはダメなんでしょうか？」

「ダメとは言いませんが、こちらのほうがあなたも気持ちいいでしょう？」

「はい……あ、んふっ……乳首が擦れて……んっ♥　はぁ……気持ち、いいです……」

「では、そのまま続けてください。あ、おまんこを使うのも忘れないでくださいね」

「あ、ふぁ♥　おまんこも、使うんですよね……んっ♥　ん、あふっ、はあぁ……♥」

　胸の谷間に腕を挟んで体を上下させ、太ももの間に私の足を入れて股間を擦り付ける。

　ぬらつくローションの手助けもあって、優姫はたちまち昂っていく。

「はあ、あっ♥　んっ、んっ、これ……続けていると、体に力が入らなくなって……ん、は……あ、んっ」

　快感のせいか、優姫の動きが鈍くなってきた。

「では、今度は私がしましょう」

　優姫を後ろから抱きかかえるようにして、胸や股間を愛撫しながら、全身を擦り合わせる。

「んっ♥　んっ♥　あ、はっ、んっ♥　い、いい……体、全部、ぬるぬるして……あ、はあぁ……気持ちいい……！」

「こうしていると、よりいっそう相手と触れ合っているのを感じられるでしょう？」

肌と肌が密着し、まるで一つになったかのような感覚だ。

「すごいです……ローション、気持ちいいんですね……あ、は……」

「でも、もっと気持ちよくなるために、こちらでもしましょうか」

すっかりとローションにまみれたペニスを、優姫の秘裂にあてがい、充血した陰唇を押し開くように擦り付ける。

「あ、あ……おまんこ、硬いの擦れて……んっ」

「もう準備も十分でしょうし、奉仕の練習はこれくらいにして、セックスをしましょう」

「はっ、はっ……♥　セックスは……京弥さんとだけ……」

「そうでしたね。言い方が悪かったようです。セックスの練習をするためにおまんこを使うだけです。ですから安心してください」

「セックスの練習……これ、必要なことなんですよね？」

「もちろんです。ローションで滑った状態だと動きにくいでしょう？　だから、上手くできるように練習しておきましょう」

乳房を揉みしだき、乳首をつまんで扱き上げる。素股をするようにペニスを股間で行き来させながら、優姫に告げる。

「んっ♥　あ、あ、は……あ、ん……京弥さん以外の人と、こんなことしていいのかしら……？」

「なんの問題もありませんよ。さっきも言ったように、これも男を悦ばせるための練習なんですから。では、しますよ」

優姫の太ももを抱きかかえるようにして足を持ち上げると、開いたおまんこに一気にペニスを突き入れた。

「あ……!?　はぁあ……♥　入ってくる……おまんこに、チンポ……入って……ふあぁあぁっ♥」

「おまんこに私のチンポが入りましたよ。どうですか？」

「はあ、はあ……どうって、私のおまんこ……何かダメでしたか？」

きょとんとした顔で聞いてくる。

どうやら私が何を言いたいのかわかっていないようだ。

「いえ、婚約者以外のチンポを受け入れたのは初めてでしょう？」

「そういえば、そうですね。でも、テニスのラケットやおもちゃは突っ込んでましたし、別の人のチンポが入るのも、おかしくないですよね？」

おかしい。だが、それを彼女は認識できない。どうやらしっかりと催眠にかかっているようだ。

「ええ。おかしくはありません。すみません、変なことを言って。では、このまま続けましょう」

「はい。おまんこにザーメンをたくさん出してもらえるように、私もがんばります」

にっこりと笑うと、自ら腰を使い始めた。

「ん……ふっ、んっ♥ あ、は……んっ♥ んっ♥ あ、くっ、はあぁ……」

すぐに吐息が熱っぽくなり、表情が快感に緩む。

「く……いい感じです。ああ、でも、ちゃんと自分がどんな状況なのか説明してください」

「んっ♥ あ、は……私のおまんこ、チンポでいっぱいになって……あ、は……カリで擦れると、ゾクゾクして……んっ、もっと、もっと激しくしてほしくなって……んんっ♥」

「激しく？ こうですか？」

優姫の太ももを抱えて大きく足を開かせ、より強く腰を打ちつける。

「ひうっ⁉ あ、はあぁ……♥ それぇ、それ、きもちいいっ、おまんこ、気持ちいいのっ。もっと、もっと突いて……チンポでズコズコして……！」

「激しくされるのが好きなんですね。愛のある優しいセックスよりも、性欲の解消のために使われるような」

「ん……？ あ、え……？」

「そうでしょう。だから、こんなふうに婚約者以外のチンポで、激しくされて感じている」

「ちが……んううぅっ⁉　あっ♥　これ、練習だから……あっ、や、おまんこ、はげし……ダメ、感じちゃう……あ、んあぁあっ♥」

「気持ちいいんでしょう？　婚約者でもない相手のチンポで感じているんでしょう？」

「あーっ、んあっ♥　そ、そうなのっ。私、京弥さんじゃない人のチンポで、感じてるのっ。おまんこ、気持ちよくなってるのっ」

腰をくねらせ、尻を激しく振りながら、優姫は叫ぶように淫らな言葉を口にする。

「奥がいいんですか？　京弥くんはしてくれないのですか？」

「ああ……京弥さんのじゃ、届かないのっ。こんなふうに、激しくしてくれないのっ。だから、だから……してっ、して、もっとしてぇ……！」

甘く淫らなおねだり。私のペニスをより深く受け入れようと、優姫が足を大きく開いて腰を押し付けてくる。

求められるまま、私は優姫の膣を突いて、突いて、突きまくる！

ペニスを締めつけ、うねる膣道をチンポが行き来する。敏感な粘膜同士の摩擦は熱となり、快感へと変換される。

「んんんんんっ！　んひっ、んっ♥　あっ、あふっ♥　ん、はあああ……♥」

快感を処理しきれないのか、だらしなく緩んだ口元から涎が垂れ、目の端には涙が浮いている。

「んあぁっ♥　あぐっ。子宮まで届いてるっ、あ、あっ、きもひい……いいっ。おまんこ、奥まで、全部、チンポで、いっぱい……んっ♥　んあっ♥　あぁあっ♥」

乱れた息に合わせて大きな胸が揺れ、引き締まった腹部が波打ち、太ももが痙攣する。

「奥、奥っ。もっとぉ、チンポで奥、突いて、ズンズンって……おまんこ、壊れちゃうくらいに激しくしてぇ……！」

ローションのおかげで、いつも以上に動きがスムーズだ。触れた肌の上を滑らせ、その勢いのままおまんこを責めたてる。

「あーっ、あっ、いく……いくいくっ。おまんこ、いっちゃ……チンポでいく、いくっ、いくぅ……！」

優姫が限界を訴える。

「く……！　優姫、イク……！」

足をしっかりと抱え、強く、腰を打ち付ける。そのまま密着した状態で、優姫の膣奥――子宮めがけて一気に射精する。

びゅるっ、びゅくっ、どくっ、ぴゅぐっ、どっぴゅうっ‼

「あっ♥　あっ♥　んあっ、あ、あ、ひ、んくうっ♥」

私の射精に合わせてるかのように嬌声を上げ、そして――。

「ふあああああああああああああああああっ‼」

全身を痙攣させながら、優姫は絶頂の喘ぎ声を上げた。

「あ、あ……は……あ、ん………あ、ふ、はあぁ……」

「良かったですよ、優姫。セックスの練習は、今後も続けてください。あとは……あなたの過去を、記憶を、心を変えましょう。生徒たちのために心身を捧げる教師になってもらうためにも」


翌日の昼休み。鷹槻たちの相手をしてから職員室へと戻ると、優姫は女性が縛られ、責められている写真集をじっくりと眺めていた。

「どうですか、綾織先生。勉強は進んでいますか？」

「あ。清瀬先生。ええ。でも、私がまだまだ知らないことばかりで……」

「それはしかたありませんよ。婚約者も知らなかったんでしょう？　綾織先生が妻としてフォローしてあげればいいんですよ」

「ええ。そのつもりです。今は家に戻ってからも官能小説やエロ漫画、アダルトＤＶＤやネットの体験談なんかで勉強をしているんですよ」

「やるとなったら徹底的ですか。さすがですね」

「いえ、もともと私の無知が原因ですから」

「何を言っているんですか。それだけ熱心なら、いつか教え子を導く役に立ちますよ」

「そうだといいんですけれど……」

「っと、せっかくの勉強の邪魔をして申しわけありません」

「いえ、お気遣いなく」

私は自分の机へと戻ると、遠目に優姫を観察する。

清楚だった彼女も、このところで急に雰囲気が変わった。

それは私の気のせいなどではなく、はっきりと周りの人たちの態度の変化に現れている。

無意識に滲みだす女の色香は、日を追うごとに強く、濃密になってきている。

彼女の仕草や態度、たっぷりとした胸元やすらりとした足を、男子生徒たちが熱っぽく見つめている。

女生徒たちも彼女の変化に気付いているようだ。同性からは嫌われそうなものだが、わりと好意的な意見が多いのは結婚が近いせいだと思っているからだろう。

彼女にとって大切な二つのこと。教職と婚約者との日々。その二つを徹底的に穢す。

それも順調だ。さて、次は彼女自身の過去を、積み重ねてきた日々を歪めてやろう。

改変した過去と記憶を与え、それが優姫にとっての真実となるように。

「優姫くん、どうしたんだい？」

放課後を迎えた教室。私と彼女は二人きりで向かい合っていた。

「え……私……？」

「私に話があると言っていたけれど、そのことを考えていたのかな？」

「あの……私が、あなたに……？」

私の言葉に、優姫は訝しげな眼差しを向けてくる。

「あなたって……担任ではないとはいえ、教師を相手にそういう言い方はあまりよくないぞ？」

「教師……先生……」

確かめるように呟き、私をつま先から頭のてっぺんまで見る。

「不思議そうな顔をして、どうしたんだ？　まさか、私のことを忘れていたのかな？」

「い、いえっ。そう、ですよね。先生は、先生ですよね。すみません、忘れていたわけじゃなくて、なんだか、ぼーっとしてしまっていたみたいです」

優姫は慌てたように頭を振り、私の言葉を否定する。

「わかっている、冗談だよ」

頭に軽く手を置きながら、私は優姫に笑いかける。

「もう……酷いです。いくら私が……私、どうして制服なんて着ているのかしら？」

抗議をしようとしていた優姫は、自分の姿に気付いて戸惑っている。

「学校で制服を着ているのは当たり前だろう？」

「い、いえっ。そうじゃないんですっ。だって、私は何年も前に卒業したのに、どうして高校の制服を着ているのかなって」

「卒業？　キミはまだ入学して半年しか経っていないじゃないか」

「半年……？　え、でも、私は大学を卒業して、教師になったはずなのに……」

「そういえばキミは将来は教師になりたいと言っていたね」

「違います！　私、本当に教師になっていたんです！」

声を荒げて訴えてくる。

「そう言われても、キミはまだ学生の、しかも一年生だろう？　それとも、そんなことさえ忘れてしまうほど、何か深刻な悩みでもあるのかな？」

「悩み……そう、ですね……何か、悩んでいたことがあったはずなのに……先生に、相談するつもりだったのかしら……」

「ただの相談か。もしかしたら告白でもされるのかと思っていたから、少し残念だよ」

冗談めかして言うと、きょとんとした表情を浮かべた優姫の顔がみるみる赤くなっていく。

「あ、わ……私、そう……先生に、お話、したいことがあって……それであの、その……」

言葉を重ねるほどに、落ち着きをなくしていく。

伝えたいことがあるのに、うまく言葉が出てこないように、口を開いては閉じる。

そう——彼女は『思い出した』のだ。

自分が教師に好意を寄せていたことを。自分の気持ちを伝えるために、私を呼び出したことを。

彼女の記憶は今、催眠術で高校時代に戻っている。

学生時代に着ていた制服は、胸や腰元がパンパンに張り、ウエストは緩くなっているようだが、まだよく似合っている。

「今日の優姫くんは、いつもと違うようだし、話はまたの機会に——」

「ま、待ってくださいっ。い、言いますっ。言いますからっ」

「わかった。で、何かな?」

「わ、私……」

上目遣いに私を見上げる優姫と視線が合う。

彼女はぎゅっと目を閉じて、思い切ったように口を開いた。

「す、好きです。先生っ」

「……それは、教師としてかな?」

「ち、違います。わ、私……先生のこと、男の人として、好きなんですっ」

そう言うと、優姫は私の胸に飛びこむように抱きついてきた。

「私、私……ずっとずっと想っていました。先生が好き、大好きなんです」

熱のこもった言葉。潤んだ大きな瞳。私を見つめる彼女の顔は、まさに恋をする少女そのものだ。

それも当然だ。今、彼女は私に本当に恋をしているのだから。

「ありがとう、優姫くんの気持ちは嬉しいよ」

彼女の肩にそっと手を置くと、ぱあっと笑みが輝く。

「だが……本当に付き合うとなれば、気持ちだけではダメだ。大人である以上、体の——セックスの相性が重要だというのはわかるね？」

「え……？」

「ああ。まだ未経験なのか。だったら、なおさら——」

「ま、待ってくださいっ。私、先生なら平気ですっ。初めての相手は大好きな先生とがいいですっ」

「だったら……いいよね？」

返事を待たずに彼女の腰を抱き寄せると、半ば強引に唇を重ねた。

「んんっ⁉」

目を硬く閉じ、唇は引き結んだままだ。彼女にとっては初めての経験。体はすっかり強ばっている。

「優姫くん、大丈夫。私に任せて……」

安心させるように腰に回した手で背中をさすり、ついばむように何度も軽くキスを繰り返す。

「ちゅ、ん、んふ……ふぁっ。はあ、はあ……先生……」

「今度は優姫くんから、キスをしてくれるかな？」

「……はい」

顔を真っ赤にしながら、優姫が自らキスをしてくる。

唇が触れると、そこで動きが止まった。どうすればいいのかわからないのだろう。

舌を尖らせ、唇を割り開くように口内へと差し入れる。

「ちゅ、ん……んむっ⁉　んーっ、んちゅ、んんんっ」

舌を口内に差し入れると、優姫は目を白黒させる。だが、すぐに自ら舌を絡め、より強く唇を重ねてくる。

「ちゅ、れる、れろ……ちゅ、ちゅむ。んっ♥　んふっ、んんんっ」

しっかりと抱きついたまま、彼女は繰り返しキスをしてくる。

しばらくの間、不器用なキスと彼女の唇の感触をたっぷりと楽しむ。

「ん、ふぁ……はっ、はっ、はあ、はあ……」

「このまま、するよ」

優姫を抱き上げ、机に座らせると、足を左右に広げる。

「あ……や、やだ……恥ずかしい、です」

「初めては私がいいと言っていたのは嘘だったのかな？」

「ち、違いますっ。嘘なんかじゃないです。本当に、私……先生となら……」

「嬉しいよ、優姫くん」

パンツの上から秘裂をなぞる。

「ひうっ⁉」

びくりと腰が跳ね、優姫が不安げな眼差しを向けてくる。

「大丈夫、優しくするよ。それに……ここはもう、ずいぶん湿っているようだけど？」

「な、なんで……私……」

記憶は無くともセックスの経験は十分にある。無意識に体が反応しているのだろう。

パンツの中に手を差し入れ、指で直接に陰唇を撫で、さする。

とろとろと溢れてくる愛液をクリに塗りこむように突起を捏ねながら、パンツを下ろす。

「あ……」

「ほら、もうこんなにぐちょぐちょじゃないか。優姫くんはエッチな子なんだね」

「私、エッチなんかじゃ……」

「そうかな？　では、これで確かめてみようか」

ギチギチに勃起しているペニスを取り出し、彼女のおまんこにあてがう。

「あ……」

『初体験』の不安と恐怖からか、優姫の秀麗な顔がわずかに引きつる。

「大丈夫だよ。愛する人相手とのセックスだ。痛みなんて感じないよ」

「で、でも……初めては痛いって……」

「私を信じて」

わざとらしい自分の言葉に、思わずこみ上げてくる自嘲の笑みを抑えながら、優しく諭すように彼女に告げる。

「わ、わかりました……」

「では、入れるよ」

ペニスをぐっと押し入れる。

「あ……!?」

締め付けながらも、優姫のおまんこはチンポをしっかりと受け入れていく。

「ん……あ…………は、く……先生の、入ってくる……んっ、ふ……あ、れ……？」

ペニスを深々と受け入れた状態で、優姫は首を傾げている。

「どうしたんだい？」

「はあ、はあ……初めてなのに、あんまり痛くなかったから……」

それはそうだろう。記憶と心が若返っていても、体までは変わらない。初めては痛いという知識――いや、もしかしたら実際の初体験でもそうだったのかもしれないが、話とは違う状況に戸惑っているんだろう。

「優姫くんは初めてじゃないのかな？」

「そ、そんなことないですっ！　私が好きなのは先生だけっ、先生だけですから、こ、こういうエッチなことだって…………今が、初めてです」

消え入りそうな声で、しかしはっきりと私の言葉を否定する。

「そうか……だったら、優姫くんはセックスが好きなエッチな女の子なのかもしれないな」

「先生、何を言ってるんですか……？」

どういう意味なのかわからないというように、きょとんとした顔をする。

「優姫くんは、初めてのセックスでいきなり感じるているんだろう？」

そう告げながら、腰をゆっくりと動かし始める。

「んんっ!?　あ、それは……は、あ……な、なんで、私……ん、あ……あっ、んんんっ♥」

戸惑いながらも甘い声をこぼす。だが、どうしてそうなっているのか自分自身で理解ができないようだ。

「おまんこをこんなに濡らして、チンポを嬉しそうに咥え込んでいるじゃないか」

「あ、やだ……そんな、恥ずかしいこと言わないでください」

顔を真っ赤にして恥ずかしがる優姫。初心で可愛らしい反応だ。

だが、体は快感を求めるように、こうしている間もペニスをきゅうきゅうと締めつけてきている。

「では、やめたほうがいいかな？　それとも続けて欲しい？」

意地悪く尋ねながら小さく腰を捩ると、優姫が軽くのけぞり、ゾクゾクと細い肩を震わせた。

「あ、はあ……あっ♥　あ、んっ……はあぁぁ♥　せ、先生は……エッチな女の子は嫌い、ですか？」

「いや、チンポが大好きでセックスで感じる。そんな優姫くんのことが大好きだ」

「大好きだなんて……そんなこと……」

「気持ちいいんだろう？　チンポで感じているんだろう？　気持ちよくなってもらえるのは嬉しいんだ。正直に言ってほしい。優姫くんは、このまま続けてほしいんじゃないかな？」

助け船を出すと、彼女は簡単にその言葉を受け入れる。

「わ、私……先生にしてもらうの、気持ち……いい、です。だから……続けてください」

「そうか。じゃあ、ちゃんとどうしてほしいのか、おねだりをしてもらえるかな？」

「おねだりですか……？」

「そうだよ。『セックス好きの私のエロまんこに、チンポを入れて、激しくズボズボ突いて、かき回して、たっぷりザーメンを出してください』とかね」

「～～～～っ」

優姫は顔を真っ赤にして、あわあわと口を開いては閉じることをくり返している。

綾織先生……いや、今は女子校生である『優姫くん』はそれほど性的な知識がないのだろう。

「男と女は違うからね。わかり合うためにも、どうしてほしいのか、はっきりと言う必要があるだろう？」

「そ、そうかもしれませんけどっ。でも、そんな言葉を使う必要は――んあぁんっ!?」

反論の言葉を封じるように、腰を大きく前後させる。

ゆっくりと、そして膣道すべてを擦るようなストロークをくり返す。

「んっ♥　あ、あっ、先生、そんなにされたら……話せなくなっちゃいます……んぁっ、あ、は……」

「ほら、おねだりして。優姫くんなら、さっき言ったことも覚えているだろう。それをそのまま言うだけでいいんだ」

「セックス好きの私のエロまんこに、チンポを入れて、激しくズボズボ突いて、かき回して、たっぷりザーメンを出してくださいっ!!」

「ちゃんと言えたね。では、優姫くんの望むようにしてあげよう」

今の優姫は『処女』だったのだ。その上、実際には幾度もセックスをしている。弱い場所や、やり方もわかっている。

彼女の体の感じる場所を教えるように、突いて、擦って、快感を引き出していく。

「はああっ♥　あ、やっ、なんで、きもちい……いいっ♥　あっ、あっ♥　おかひ……せんせ、私、変ですっ、変なの……んああっ♥　あ、はあ……♥」

初めてのセックスの快感に戸惑いながらも、優姫は自ら腰を使う。

「何が変なのかな？」

「気持ちい……先生とするの、気持ちいいのっ。おかしくなっちゃうくらい、気持ちいいんですっ」

「そうか。では、そのままおかしくなってしまっていいんだよ」

乳房を揉みしだき、乳首を刺激する。

「んっ♥　んあっ♥　ひ、は……はっ、はっ、んあああ……んぷっ⁉」

息を継ぐために開いた口をキスでふさぎ、舌を絡ませる。

「ちゅ、ちゅ、れる、んっ♥　んふっ♥　んんんっ」

ペニスを出し入れしながら、クリを指の腹で押し込み、捏ねる。

「ぷあっ⁉　ひあっ、あっ♥　ダメ、ダメ、らめっ、しょれ、おかひ……おかひくなる

……なっちゃってる……あっ♥　ああっ♥」

きゅうきゅうとペニスを締めあげながら、膣道がうねる。

「奥ぅ……んっ、んっ♥　奥、グリグリ……い、いいっ♥　先生、せんせっ、んっ♥　んっ♥　んっ♥　んっ♥」

蕩け切った顔。だらしなく開いた口元からは涎がこぼれ、嬌声がひっきり無しに上がる。

無意識にか、体を捩り腰をくねらせ、さらに深くチンポを咥えこむ。

「いくっ、いくいくっ。先生のチンポ、きもひい……おまんこ、いいっ、きもひい……いいれすっ。あ、あ……いく、いっちゃうぅっ!!」

「もう出るっ！　一緒に……私が射精すると同時に、優姫くんは今までで最高の快感の中、絶頂するよ」

「はぁあ……！　んっ、んっ♥　先生、先生、ああ……先生、好き、大好き、んっ、んっ……あ、ああっ♥」

自らも腰を激しく振りたくり、快感をむさぼる。

綾織先生の時よりもさらに激しく、淫らな動き。

若いからか、生徒だからか『優姫くん』は素直に、ただ好きな相手に抱かれる悦びだけを感じている。

「あっ♥　あっ、はやくぅ……も、くるし……イキたい、イキたいれすっ、イかせて……

出して、おまんこ、ちょーだい、いっぱい、いっぱい、ざーめんらひてぇ……!!」

「ああ。出すよ、優姫くんっ」

「きて、きて、きてぇ……♥　あっ、んあぁあっ♥　すきっ、せんせっ、好き、好きっ、大好きいぃいっ!!」

「く、うあっ!!」

どぷんっ、びゅく、びゅくっ！　どぴゅるるっ、びゅくうううううっ！

「い……！　ひ、んあああっ♥」

膣奥への射精を受けとめ、優姫が弓なりに背中を反らす。そして――。

「んあああああああああああああああああああっ!!」

教室だけでなく、廊下にまで響くような大きな声で、悦びの悲鳴を上げた。

「う、ふぅ……♥　あ、はっ、はっ、はあ、はあ、あ、ああ……ザーメン、まだ……出てる……おまんこ、溢れちゃうぅ……」

腕を背中に、足を腰に回し、痛いくらいに私にしがみつきながら、射精をじっくりと味わう。

「ん、ふぁ……………はあ……先生ぇ……たくさん、出ましたね……」

「ああ、優姫くんのおまんこが気持ちよかったからだよ」

「ふふっ、嬉しいです。これで、私……先生の恋人になったんですよね？」

優姫は甘えるように私の胸に頭をすり寄せてくる。

「そうだ。これで優姫くんは大人の女だ。これからは遠慮なく私とおまんこができるようになったんだよ」

「先生、大好き……これからも、たくさんおまんこ……してください」

『初めて』の絶頂の余韻に浸り、優姫は恍惚とした笑みを浮かべて呟く。

これで偽りではあるがセックスの快感と共に大好きな先生に初めてを捧げたのだと、優姫の心と記憶に強く刻み込まれたはずだ。

本来ならば決して変えることのできない過去を、思い出を、歪めて偽りの記憶を作り出す。

完璧にうまくいったかどうかはわからないが、それでもかなりの効果を期待できるはずだ。

さて、そろそろ優姫くんから綾織先生に戻ってもらうとしようか。

スマホを取り出し、彼女の目の前にかざす。

「優姫くん、これを見るんだ」

彼女は私に言われるまま、しっかりとスマホを見つめた。

「これから私が数を数えるたびに、キミは一つずつ年を重ねていく。その間に起きたことを私が教えるたびに、ちゃんと忘れられない思い出となるんだ」

「は……い……思い出に、なります……」

「そうだ。まずは一つ、君は二年生になった。大好きな先生とは日課のようにセックスをしている。放課後の教室で、保健室で、体育倉庫で、図書室で、屋上で、裏庭で、トイレで。この学校でセックスをしていない場所はないくらいに、どこででも、何度も」

「わ、私……そんなことしてな……」

「いいや、している。してきたんだ。『思い出す』んだ。キミは憧れていた先生と、数え切れないほど何度もセックスをしたんだ」

「先生と……セックスを何度も……してる……」

「そう。大好きな、愛している先生に抱かれるのは嬉しい。チンポに奉仕することは楽しい。セックスは気持ちよくて、大好きになっている」

「チンポに奉仕……楽しい……セックス、大好き……」

ねつ造した出来事を現実の思い出に統合していく。

人間の記憶などいい加減なものだ。事実に作りごとを混ぜ込みながら、繰り返し『思い出させる』だけで、彼女はそれが本当の自分の記憶だと信じるようになる。

「愛している相手とセックスするのは当たり前のことなんだから、おかしくなんてない」

「セックスするのは……当たり前……おかしくない……」

「さあ、二つ。キミは三年生になった。もう数えきれないほどの経験を積んだ。口マンコやおまんこだけでなく、ケツマンコでのセックスも日常となっている。だが、愛しているのは先生だけだ。でも、他の男子のこと——チンポやセックスのやり方がとても気になるようになる」

「他の、男子のことが気になる……」

「そうだ。興味を抑えきれず、キミは授業が終わった後、運動部の男子の服の臭いを嗅いだり、着替えをのぞいたり、男子たちの猥談に耳を澄ませ、男子トイレでたくさんの男たちにレイプされることを想像してオナニーをしていたんだ」

「う……私、そんなこと……」

「そんなことをするほど、セックスが好きになったんだ。オナニーだって毎日している。優姫はセックスがしたくてしたくてたまらない。だから先生以外の男にも強い興味を持つのは当然だ」

畳みかけるように言葉を重ねる。

最初の頃ならともかく、今の彼女は催眠に抵抗することはできない。

「私は……私、違う……」

「いいや、違わない。先生を愛しているのは変わらない。けれどもセックスのことは別だ。そして思春期の女としては別におかしくない。悪くもない」

「先生を愛してる……セックス……悪いことじゃない……」

「そう。さあ、また一つ。キミは卒業して大学に進学した。同じ講義を取った男と。入ったサークルの先輩と。アルバイト先で出会った中年と。さまざまな出会いがあった。そしてさまざまなチンポを経験した」

「チンポ……経験……」

「そうだ。そこで優姫は運命の出会いを果たす。それは今の婚約者である京弥だ。そして彼を愛する。今まで好きだった先生以上に。これこそが真実の愛なんだと、理解するほどに」

「ああ……京弥さん……」

感極まったように、優姫が婚約者の名前を呼ぶ。

「そうだ。京弥との交際は順調にいく。彼と婚約した。このまま結婚することに決まった」

「京弥さんと婚約……結婚……」

これは彼女にとって受け入れやすい事実だ。

「しかし、キミはこう考える。京弥のこと愛しているからこそ、他の男がどうでもいいと証明する必要がある。そのために、キミはさらに色々な男と関係を持った」

「関係……色々な男と……う、く……」

眉根が寄り、苦しげに喘いでいる。どうやら拒絶反応が出ているようだ。

……今の暗示でも十分だろう。必要ならば、これからまた暗示を埋め込んでいけばいい。

「さあ、さらに一つ、二つ、三つ。優姫は大学を卒業して、夢だった教師になった」

「あ…………」

気が抜けたかのように、表情が穏やかになる。

「そう。憧れていた仕事。小さな頃からの夢。キミは先生になったんだ」

「教師に……なった……」

「可愛い教え子たちに囲まれて、充実した毎日を送っている」

「充実した、毎日……」

「そうだ。キミは教師だ。今は居残っている生徒がいないか、見廻りをしていたんだ」

「……見廻りをしていた……」

「そうだ。この教室には『誰もいなかった』し『何もなかった』ことを確かめた」

「誰もいない……何もなかった……」

「私が教室を出てから、ゆっくりと三十数えると、キミは催眠から目が醒める。私に出会ったことは覚えていない。いいね」

「は……い……」

頷くのを確かめてから、私はその場を離れた。

「ん……あら？」

気付いた時には、私は教室で一人だった。

何をしていたんだっけ？　思い出そうとしても、なぜか記憶に霞がかかったようにぼんやりしている。

しばらく考えていると、天啓のように自分のすべきことを思い出した。

「そうだわ、私……放課後の校内の見廻りの途中だったのよね」

なんだか頭がぼーっとして、鈍い痛みがある。

……疲れているのかしら。

そんなに無理をしているつもりはなかったのだけれど、ダメね。

仕事を終わらせたら、少し早めに家に戻ってゆっくりとオナニーでもしよう。

新しい大人のおもちゃもあるし、あれを使ったらどんな感じなのかしら？

「ん、はあぁ……」

帰宅してからのことを考えるだけで、おまんこが熱く潤んでくる。

さて、そのためにも、もうひとがんばりしなくちゃ。

自分にそう言い聞かせると、私は見廻りを続けた。

第四章　抑えられない気持ち

私は、屋上へ続く階段の踊り場や裏庭、体育倉庫などのひと目に付きにくい場所を見て回る。

学校内の風紀の乱れに注意をする必要があるからだ。

もしかしたら生徒たちが隠れて淫らなことをしているかもしれない。そんなことを心のどこかで期待していたけれど、結果は空振りだった。

「……まだよ。まだ、見ていない場所があるじゃない」

私は部室棟へと向かう。あそこならば期待しているようなことがないとしても、別の目的があるからだ。


「……誰もいないわね」

部活動が始まっているからか、体育館や校庭のほうから元気のよい声が聞こえてくる。

人気のない部室棟。念のために誰も残っていないことを確認しつつ、まずは野球部の部室へ向かう。

鍵は……かかっていないわね。もっとも、鍵がかかっていても、部室棟のマスターキーを持っている私には問題ないけれど。

ドアを開いて中に人がいないのを確認してから、体を滑りこませるように部室に入り、すぐに鍵をかける。

こういうことは『学生の頃から何度もしてきた』けれど、やっぱり緊張する。

けれども、それでもやめられない。

「すう……はああ……」

部屋に満ちる少し酸味を帯びた空気を吸って、吐く。何度も胸一杯に男の――オスの臭いを味わう。

そうしていると胸がドキドキして、頭がかあっと熱くなって、エッチなことだけしか考えられなくなる。

乱雑に置かれている着替えた制服に手を伸ばすと、誰のものかわからないシャツに鼻先を埋めた。

「すうぅ、はあ……ん、すうぅ……ん、くさぁい……すう、はあ、すぅ……ん……ふ……」

さっき脱いだばかりなのかしら？

クラクラするような男臭さが鼻腔を満たしていく。

京弥さんはもともと体臭が薄いし、気遣っているからこういう濃厚なオスの臭いを感じることはない。

「あ、ん……」

こんな臭いをさせた若い男の子たちに囲まれて、無理やりセックスされたら……。

そんな想像をして、おまんこが濡れてくるのを感じていた。

したく……なっちゃってる。今、私……いやらしく発情している。

「はあ、はあ……ん、はあ、はあ……」

息が荒くなるほどに吸いこむオスの臭いが私の思考を染めていく。

……ダメよ、何を考えているの？

こんなことをしているところを誰かに見られたら、教師として、女として終わってしまう。

でも、学生時代にもこういうことを何度もしていたけれど、大丈夫だったじゃない。

ここは校舎から離れているから、少しくらいなら見つからないわ。それに、部活はまだ始まったばかり。彼らが帰ってくる前にちゃんと後片付けすれば大丈夫。

自分に言い聞かせるようにいくつもの言い訳を並べ、気付けば私はオナニーを始めていた。

「あ、は………んんっ♥」

パンツが股間にべったりと張り付くほどに、おまんこは濡れていた。

「ダメ、なのに……おまんこ、ぬるぬるになってる……ん、はあぁ……」

割れ目を開き、敏感な粘膜を上下に擦ると、自分の耳にもくちゅくちゅといやらしい音が聞こえてくる。

背筋がゾクゾクする。でも、足りない。もっと強い刺激がほしい。もっと、もっと気持ちよくなりたい。

指を二本揃えて、おまんこに埋めていく。

「あ……。はあぅ……！　い、ん……あっ♥　んああっ♥」

熱い感触と共に膣が満たされ、自分ではっきりとわかるくらいに、甘く淫らな声が漏れる。

匂いだけじゃなく、味まで確かめるように、シャツを軽く咥えて声を抑える。

「ん、む、ふ、うぅん……んんんっ♥」

おまんこに指を埋めると、ゾクゾクした快感が走る。

ああ、たまらない。男の人の匂いに包まれてオナニーをするの、気持ちいい。この感触。この快感。高校生の頃から何度も経験してきた――。

「え……？」

何度も……？　おかしい、そんなことあるわけがない。だって、私が通っていたのは女子校だったのよ？

同級生の男子なんていない。学校に若い男の先生なんていなかったはず。それなのに、私……こういうことをしてきた『記憶』がある。先生とセックスして、その後もたくさんの男の子たちとも……。

「うそ……うそ。どうして、私……」

自分の思い出と実際に通っていた学校の状況。その齟齬に強烈な違和感を覚えて、私は気付いた。

「これも、催眠術なの……？」

背筋に氷柱を差し込まれたような寒気と共に、体が震えだすほどの恐怖を感じた。

作られた過去。偽の記憶。こんなことまで自由に改変することができるの？

だとしたら、今、私が私であることも、私の考えだと思っていることも、彼に作られているのかもしれない。

記憶も、思考も、何もかもが偽りで、自分がいつの間にか自分でなくなってしまっているかもしれない。

怖い。怖い。怖い。怖い。

「いや……いやっ。いやあああっ!!　お願い、助けて……」

私はその場に蹲って、頭を抱えて叫んでいた。

「まさか婚約者を巻きこむとは思いませんでしたよ」

優姫の思い出を、過去の記憶を上手く改変することができた。そう思っていたのだが、甘かったようだ。

理由はわからないが、彼女は自分が催眠にかけられていることを自覚して、そのことを婚約者に話した。

私にとっては不幸中の幸いだが、彼は優姫の言葉を信じてはいたが、催眠術については半信半疑だった。

そのおかげで、うかつに接触してきた婚約者に口止めをし、いくつかの暗示を埋め込んで追い返すことができた。

だが、もしもの場合もある。

優姫への報復は、もう少し時間をかけて行うつもりだったが、のんびりしているわけにはいかなくなった。私は、すぐに学校で優姫を捕まえた。

「あ、あなたが催眠術で私に変な記憶をねつ造したのが悪いんじゃない！」

「あなたも私の報復の対象だということを忘れたわけではないでしょう？　まあ、今はそれよりも婚約者に私のことを話した責任を取ってもらいましょう」

「責任？　これ以上、私に何かしたら、京弥さんが助けてくれるはずよっ！」

「彼を信頼しているんですね。ですが、すでに催眠をかけてありますけれど」

「京弥さんに催眠術を……？　な、何をしたのよっ！」

「大したことではありません。それよりも、自分の心配をしたらどうですか？」

「ひ……!?」

これから自分が何をされるのか想像したのだろう。優姫の顔が青ざめる。

「脅すようなことを言いましたが、そんなに怯える必要はありませんよ。あなたが望んでいたことをするだけですから」

「わ、私が望んだこと……？」

「ええ。私の催眠術に関連したことについて、もう誰にも何も話せないようにはしますが、今まで、催眠術にかけられた時のことをすべて思い出せるようにしましょうか」

「え……？」

「自分がどんなことをしてきたか、どんなふうに感じていたのか、どんなことを考えていたのか、そのすべてを知りたいでしょう？」

そう告げると、私はスマホを優姫の眼前に突き出す。

「さあ、優姫。キミは今までのこと全てを思い出す」

変化は劇的だった。優姫の表情がめまぐるしく変わっていく。

今までしてきた淫らな行為の数々を思い出しているのだろう。涙を流しながら、ガクガクと全身を震わせる。

「あ……あ、あ……。わ、私……私、あんなことを喜んでしていたなんて……嘘、嘘よ……」

「そうそう、あなたは私との性行為を嫌がっていましたから、時々は私としていたことを思い出してもらいましょう。お仕置きにはそれで十分でしょう」

「い、いや……やめて……」

「大丈夫ですよ。ただ、思い出すだけです。無理やり何かをさせたり、絶頂させたりは『絶対』にしません。安心してください」

「あ、あ……あああ……いや、いやあぁ……」

「ああ、もう一つ。今後は『私の』相手をする必要はありません。優姫にとってもそのほうがいいでしょう？」

私はそう言って優姫に笑いかけると、涙をこぼす彼女に再び催眠をかけた。

ここ数日、ずっと気持ちが落ちつかない。少しイライラしてしまっている。

これも全部、あの男のせい。

毎日、無理やり私はフェラチオや精飲をさせられていた。そのことを喜んで受け入れていた。それどころか、快感さえ覚えていた。

いつの間にかそんなふうに自分を変えられていたことに全く気付くこともできなかった。

愛してもいない相手のチンポに口マンコで奉仕するなんて、最低で最悪。絶対に許さない。そう思っているのに——。

「ん、はぁ……」

ふとした瞬間に思い出してしまう。あの硬くて大きなチンポの感触を。ねっとりとした精液の味や匂いを。

催眠術で作られた偽りの気持ち。ありえないはずの欲求。そのはずなのに、私はフェラチオができなくなったことを、熱い精液を飲めなくなってしまったことを、とても残念に思っている。

「な、何を考えているの、私……」

あんなことをしていたのが異常だったの。

あんなことを自分からしたいなんて、おかしいことなの。

そう思っているのに、つい、男子生徒たちの股間に視線が向いてしまう。

あの男が相手をしてくれないのなら、いっそ他の人と……ふと、そう考えている自分に気付いてぞっとする。

「京弥さん……助けて……京弥さん……」

体をぎゅっと抱きしめ、京弥さんの名前を呟く。

彼のことを想って、考えて、我慢をしなくちゃ。自分にそう言い聞かせているのに――。

「ん、はぁ……」

吐息が熱い。お尻が疼く。熱く痺れるような感触が、ふいに襲ってくる。

……本当に、催眠術から解放されているのかしら？

こんなふうになっているのも、まだ彼に何かをされているからじゃないのかしら？

耐えて、耐えて、耐え続けるほどに疼きは大きく、強くなっていく。

お昼休みまで必死に我慢を続けたけれど、どうしようもなかった。

ひと目を避けるように校舎の外れへと向かい、トイレでケツマンコを弄る。そうすると少しは落ちつくけれど、イクことができずに欲求不満だけが溜まっていく。

学校でこんなことをするなんて、自分が最低の女になってしまったと自嘲しても、やめられない。

それどころか強烈な快感を得るほどに、私の体と心はよりいっそうの刺激を求めるようになっていく。

こんなの耐えられない。

こんなことがいつまで続くの？

人前では必死に耐え続けているけれど、頭がぼんやりして仕事にも集中できない。

私は京弥さんを愛している。愛しているのはあの人だけなのに。その気持ちを上回るほど、強く、強烈に心と体が欲望に支配されていくのがわかる。

起きて眠るまでの間、私はいつもチンポのことばかりを考えるようになっていた。

あの歪な形を。火傷しそうなくらいの熱を。鼻につく刺激的な匂いを。濃厚で青臭い味を。

「ん、はあ……」

したい。したい。フェラチオをしたい。精液を飲みたい。セックスをしたい。ケツマンコを責めてほしい。

抑えきれない欲求に押されるように、私は京弥さんに連絡をした。


「優姫、今日はずいぶん積極的だったね」

「え？　ええ。京弥さんとこうして過ごせるの、久しぶりだったから」

そう言って、彼の胸に顔を埋めるように抱きつく。

京弥さんはあの男のことを何も言わない。きっと催眠術で記憶を消されてしまっているんだろう。

私もあのことを彼に話すことはできない。

「ごめん、寂しい思いをさせちゃったみたいだね。でも、仕事も落ちついてきたし、優姫のほうも――」

優しく髪を撫でてくれる手の感触が嬉しい。気持ちいい。

初めてを京弥さんに捧げて、こうしてセックスをするのは幸せなこと。でも、京弥さんはケツマンコを使ってはくれない。

優しく愛してくれて、私の嫌がるようなことをさせたりしない。だから、口マンコでの奉仕をさせられたりはしない。

京弥さんとのセックスは気持ちいい。愛してもらって、彼に抱かれると、とても幸せになる。でも――。

今の私は、京弥さんのチンポではイけない……満足、できない。

京弥さんとの行為に対して不満を覚えてしまう。一度や二度じゃなく、もっと何度も抱いてほしい。もっと色々なことをしたい、してほしい。もっと感じさせてほしい。もっと、もっと……！

苦しい。苦しい。苦しい。愛している人に抱かれているのに、どうしてこんなにも苦しい思いをしなくちゃいけないの？

欲求不満はまったく解消されなかった。それどころか、狂おしい程に強く、激しくなっている。

「優姫、愛してるよ」

「ええ。私も愛しているわ、京弥さん」

心は誰よりもあなたを愛している。この気持ちは決して変わらない。でも――。

もう……私、ダメみたい。

今までだって何度も京弥さんを裏切ってきたのに、今さら少し我慢して何が変わるの？

それに、これは催眠術のせいなのだから。きっと京弥さんもわかってくれるはず。

舐めて、咥えて、吸って、口の中いっぱいに臭くてねっとりとした精液を出してもらって、それを飲む。熱く硬いチンポで、いやらしいケツマンコを激しく突いて、擦られる。

そうすれば、きっと落ちつく。今、感じているこの飢餓に似た気持ちや、焦燥に駆られることもなくなる。

そんなふうに、思ってしまっているんだもの。


催眠の支配から解放された後、優姫の態度の変化は顕著だった。

最低限のやりとり以外、私とは直接的な行為どころか日常的な会話でさえもなくなった。

時折、彼女の視線を感じることはあるけれど、あえて完全に無視を続けた。

自分から私に何かを願うことなど、彼女のプライドが許さない。

そんな状況の中、彼女は私との性行為の記憶や快感にさらされながらも、決して絶頂することのできない日々を送っている。

不満が溜まり、欲求は増大する一方のはずだ。

瞳は熱っぽく潤み、目元は赤く染まっている。薄く開いた唇からこぼれる吐息は艶っぽく、一つ一つの仕草に色気が滲み出している。まるで男を誘う娼婦のようだ。

授業の合間や休憩時間になると、ふらりと姿を消す回数が増えたのは、どこかで自らを慰めているのだろう。

しかしそれは歯止めにはならずに、彼女をよりいっそう追い詰めていくだけだ。

だが、いくら我慢したところで意味はなく、それどころかあまり無理を続けられると彼女の心に影響が出かねない。

せっかく手間暇をかけて催眠を重ねてきたのに、今回のことで予期せぬ歪みが生まれるのは、私も望むところではないし、そろそろ限界だろう。

そう考え、私に屈服するための『言い訳』を彼女に与えることにした。

「……こんなところに呼び出して、何をするつもりなの？」

お互いに担当授業のない時間。何度もフェラチオをさせた空き教室へと、私は彼女を呼び出した。

「ここに呼んだ時点で、説明なんてしなくともわかっているでしょう？」

「もう二度と、私にああいうことはしないと言っていたじゃない」

私を睨みつけながらも、彼女は逃げ出したりはしない。無意識なのか、意識しているのか、どちらにしても彼女が私との行為への期待があるのは間違いない。

「もう二度としないなどとは言っていませんよ」

「何を言ったところで、私に無理やりああいうことをさせるんでしょう？」

「ええ。そのつもりであなたをここへ呼んだんですよ」

「……やっぱり最低の男だわ」

「それは否定しません。では、あなたにはこれから催眠術をかけます。前と同じように奉仕をしてもらいましょう」

スマホを目の前に差し出したが、優姫は視線を逸らしたり、抵抗する様子もない。

今、彼女に見せているのは催眠アプリではない。似たような画面と音楽が流れるだけの映像だ。

「あなたはセックスがしたくてしかたがない。私のチンポが欲しくてしかたがない。自分から、はしたなくねだるようになる」

「え……？」

そう告げると、彼女は一瞬、きょとんとした顔をする。

「さあ、優姫……まずはいつも通りに口マンコでの奉仕からしてもらいましょうか」

ペニスを取り出し、彼女の口元へと差し出す。

「あ……」

彼女は上目遣いに私を見て、視線をチンポに向けてはいるが、まったく動かずにいる。

「ふむ……間を空けたせいでしょうか。催眠のかかりが悪くなっているようですね」

スマホを再び彼女に見せながら、重ねて命じる。

「優姫。前と同じようにフェラチオをするだけです。できるでしょう？」

「……こ、こんなことがいつまでも続くと思わないほうがいいわよ」

強気にそう告げると、彼女はゆっくりと口を開いてペニスを咥えこんでいく。

嫌悪すべき行為をさせられているはずの優姫の目尻はさがり、瞳が熱っぽく潤む。

「ん……ちゅ、む……」

チンポを唇で締め付けながら舌をねっとりと絡めてくる。

「うむ、ちゅ……れるっ。ちゅむ、ちゅ、れろ、れる……じゅぷ、じゅるっ……んっ、んっ」

前後する頭の動きが速くなり、ペニスがたちまち唾液まみれになっていく。

「ああ……いいですよ。優姫は本当にフェラチオが上手くなりましたね」

「ほんらこといはれても……うれひくなんて、ないわ……ん、じゅる、ちゅ……んっ、んっ」

彼女は催眠にかかったと『思いこみ』ながら、私の指示に従う。

「んっ、ちゅ、んんっ……んふっ、じゅるるっ、ちゅぐっ、ちゅううっ、ちゅばっ、ちゅむっ」

手慣れたしぐさで竿をしごき、唇を締め付けながら頭を前後させて舌先で鈴口をくすぐる。

「んっ、じゅるっ、ちゅむっ、じゅちゅ、ちゅむ、じゅるるるっ……ん、んっ♥　んっ♥　んふっ」

鈴口をくすぐり、先走りをすすり、喉奥深くまでペニスを咥えこむと、舌全体を使って裏筋を舐める。

「んんー。じゅっぷ、じゅっ、じゅぷっ、れる、れろっ、ちゅ、ちゅむ。ん、んふ……」

「ずいぶん熱心ですね。そんなにされたら、すぐに出そうですよ」

「らひなはいよ。ほうふれれば、おわるんらから……ん、ちゅぷぷぷ……んっ♥　じゅちゅっ、れるっ、ちゅむぅ♥　ちゅぐっ、んんんっ♥」

口調とは裏腹に、優姫は蕩けた顔で熱心に奉仕を続ける。

ずっと我慢してきた。だが今は催眠がかかっているのだからしかたのないこと。

自分への言い訳ができる状況に彼女の心にかかっていたタガが外れたのだろう。

「ちゅずっ、じゅちゅっ、じゅぷっ、んっ♥ んんっ♥ じゅぷ、じゅるっ、じゅううう
っ！」

口元を唾液と先走りでぬらぬらと光らせながら、優姫は舌を突き出して亀頭をべろべろ
と舐めまわす。

自らの舌にペニスを擦りつけながら、上目遣いに私を睨みつけてくる。

「んぷあっ。らひて……はやく、ざーめん、出しなさいよっ。んぶっ、じゅちゅううっ、
ちゅむ、ちゅうううう♥」

再び深く咥え込んだかと思うと、音を立ててペニスを強く吸い上げてくる。

優姫にとっては数え切れないほどくり返してきた口唇奉仕だ。私の感じる場所を的確に
刺激してくる。

「く、う……！」

久しぶりの奉仕に、あっという間に限界へと駆け上っていく。

もう少し楽しみたいところだが、今は……優姫の望むまま精液を与えることにしよう。

「く、イキますよ、優姫」

びゅくんっ、びゅるるんっ、どぴゅううううっ！

「んふっ♥」

勢いよく精液が迸ると、優姫は目を閉じて私の射精を受け止める。

「んんんんんんんっ!!」

絶頂に達したのか、より強くペニスに吸い付きながら、ビクビクと腰を震わせる。

「んく、こく、んく、ごく、こく……ん、ちゅ、ちゅぱっ、じゅる……ちゅむ、ちゅ……んん、はぁ……♥」

口内を満たす精液を喉を鳴らして飲む。

最後の一滴まで飲み干した後も、まるで足りないとばかりに柔らかくなったチンポに舌を這わせる。

「満足しましたか？」

「ん、はあ……あ、ふ♥　催眠術でこんなことを無理やりさせられているのよ？　そんなわけ、ないじゃない」

口調とは裏腹に、優姫は笑みを浮かべている。

「そうですか。では、私が満足するまで付き合ってもらうとしましょう」

「まだ、終わりじゃないのね……」

諦めたようにそう口にしてはいるが、優姫は発情したメスの顔をしている。今、彼女が自分の顔を見たらどう思うだろうか。

「さて、次は……優姫、自分から私のチンポをおまんこに入れてください」

床の上に横になって命じると、優姫はためらいなく跨がってくる。

「ん、は……」

パンツを脱ぎ、陰唇を左右に広げると、ひくつく膣口へ亀頭をあてがう。

「ん、は……あ、くぅ……」

すっかりと蕩けた笑みを浮かべ、優姫が腰を下ろしていく。

「あ、は……………ん、ふっ♥ は、あ、あ、あ、ああ……入ってくるぅ♥」

愛撫の必要もないほどに濡れているおまんこにチンポが埋まり、膣奥を叩くほど深くつながったところで、優姫は一度、動きを止めた。

「そのままではイケないでしょう？ 優姫、頭の上で腕を組んで、がに股になって自分から腰を振ってください」

「なっ⁉」

優姫が絶句する。

「どうしたんですか、できないんですか？」

「そんな恥ずかしいこと、できるはずないでしょうっ！」

「ふむ……さすがですね。しっかりと『催眠にかかっている』のに、それほど抵抗ができるなんて、さすがだな」

「…………っ」

あえて催眠のことを口にすると、優姫の視線が泳いだ。

まだバレていないと思っているのか？　笑いをかみ殺しながら、私はスマホを彼女に向けた。

「優姫。今からあなたの体は、自分の意思よりも私の指示を優先して従うようになります。もう一度、言いますよ。がに股になってください」

唇を引き結び、私を睨みつけてくる。だが、抵抗はそこまでだった。

「う……く……」

のろのろと腕を上げて頭の上で組み、足をがに股に開く。

「ああ。とても恥ずかしくて淫らな姿ですね」

羞恥からなのか、優姫は目尻にうっすらと涙を滲ませ、これ以上ないくらいに顔を赤くしている。

「さあ、自分から動いてください。気持ちよくなるように、好きにしていいですよ」

指示をすると、待ちわびていたかのように優姫は自ら腰を動かし始めた。

「はっ、あ……んっ、んっ、ふ、あ……あ、は……」

最初は単調な上下運動だったが、少しずつ変化していく。

上下だけでなく前後させたかと思えば、左右に振り、円を描くように尻を回す。

「ふっ、あ………んんっ♥　あ、は……んっ♥　はあ、はあ……あ、ああ♥」

動きが変わるたびに、優姫の漏らす声に快感が滲み、甘く蕩けていく。

「そんなに気持ちいいんですか？」

「ちが……これは、催眠のせい、だから……んっ、んっ♥　あ、はぁん♥　こんなふうに、むりやり、されて、感じてなんて……」

意地悪く尋ねると、優姫は頭を振って否定する。だが、腰の動きは止まらない。

「自分からいやらしく尻を振って、おまんこをぐちょぐちょに濡らしているのに？」

「んっ、はっ、あ、あっ、違う、違う……こんなの、ぜんぶ、催眠のせいなの……ん、ふああぁ♥」

「催眠のせい、ですか」

最初に強く抵抗するようならば催眠を使うつもりだったが、彼女は今、正気のままだ。

「そこまで嫌ならば、無理に続ける必要をなくしてあげましょう」

「あ……。え……？」

快感に緩んだ優姫の顔に疑問の色が浮かぶ。

「今から催眠を解きますよ。私とのセックスを強要はしません。あなたは好きな時にやめられるようになる」

ですよ」

「3、2、1、0！　はい、これで催眠は解けた。もう、無理に従うこともなくなったはず
「あ……それは……」

雑な言い回しに、適当なカウントダウン。だが、これで彼女は自分が『催眠にかかっている』という言い訳をできなくなった。

「そんな…………ひどい…………」

「何が酷いんですか？　もう無理やりセックスをしなくてもよくなったのに？」

「それは……そう、だけど……でも……」

優姫は私とつながったまま、口を開いては閉じることを繰り返す。

「どうしたんですか？　もう、セックスを続けなくてもいいんですよ？」

「わかっている、くせに…………わかっているはずなのに、そんなこと言うなんて……」

「わかっている？　私はあなたの望んだようにしただけですよ。私は、鷹槻たちの相手もあるので、あなたが望まないのならば、これで終わりにしますよ」

「だ、ダメよ。鷹槻さんたちに、こんなことをさせるわけにはいかないわ。だったら、このまま私が……んんんっ」

セックスをやめるどころか、彼女は自ら腰を使い始めた。

「なるほど。つまり、鷹槻たちのために続けると」

「そ、そうよ。あなたの好きになんてさせないわ」

「そんなに嫌々相手をされるのは、私としても嬉しくはありませんから、私とのセックスをやめるように催眠をかけましょう」

スマホを取り出し、彼女の目の前にかざす。

「い、いやっ！」

優姫はスマホから逃れるように顔を逸らすと、硬く目を閉じた。

「催眠を拒絶してまで、私とセックスをし続けたいんですか？」

「違う、そんなの、違う……あ……んっ♥　は、あ……あっ♥　あっ♥　鷹槻さんたちを守りたいだけ……んんっ♥」

「そう言いながらも、ずいぶんと気持ちよさそうですね。婚約者がいるのに、他の男のチンポがいいんですか？」

「はあ、はぁ……ちがう……違うの。私は、鷹槻さんたちのため……あなたが、他の子に手を出せないように……それだけ、なの」

婚約者への言い訳か、それとも自分の行為を正当化するかのように答え、優姫は私の上に座りこむとペニスを深々と受け入れた。

「ん、はあああ……♥」

亀頭が子宮口を突き上げると、胸をぐっと反らす。

「そうですか。では、このまま続けるしかありませんね」

服を脱がすとめくり上げ、手を伸ばして乳房を下から持ち上げるように揉み、乳輪を撫で、乳首を軽くいじってやる。

「んふっ。は、あ……♥ そ、そうよ……このまま、続けて……最後まで、して……」

耐えきれないとばかりに、熱っぽい吐息がこぼれる。

「乳首もこんなに硬くして、本当はセックスを続けたいだけなんじゃありませんか？」

柔らかく揺れる乳房に手を伸ばし、ピンと尖った薄桜色の先端をつまんで上下に扱く。

「ち、違う……んあっ♥ あっ、あっ♥ 違う、そんなことない。おっぱい、そんなにしないで……んっ、ああっ♥」

「胸だけじゃなく、こっちをしてほしいんですか？」

むにむにとおっぱいをこね回しながら、腰を突き上げる。

「んああっ♥ あ、ふ……おま○この、奥、グリグリって……ダメ、そこ、ダメなのっ、気持ちよくなっちゃうからぁ♥」

優姫は快感でだらしなく緩んだ笑みを浮かべ、おまんこはペニスをぎゅうぎゅうに締め付けてくる。

腰を小刻みに揺すると、優姫が体をくねらせてよがる。

「あっ♥ あっ♥ い、いい……きもひ、いい……！」

よりいっそうの快感を求めるように、優姫は自ら円を描くように腰をグラインドさせる。

「ひあっ♥　あーーっ！　い、いい……おまんこ、きもひ、い……！」

まるでおもらしをしたかのようにぐちょぐちょに濡れた結合部には、白く濁った愛液が幾筋も糸を引いている。

「あっ、あっ、らめ、ダメダメっ。んっ♥　んっ♥　そんなにされたらぁ……ふあっ♥あ、いや、いや……私、いく、いっちゃう……あ、ああっ♥」

切なげに訴える優姫の全身が小刻みに痙攣し始めた。

肌と肌が当たり、ペニスが出入りする淫らな音に合わせ、優姫の嬌声が響く。

「ああ……私も、気持ちいい。そろそろ、出ますよっ」

ペニスを根元まで埋めるように、強くおまんこに突き入れる！

「ひぐっ⁉」

腰と腰が密着するほど深くつながった瞬間、優姫の体が大きく跳ねた。

「い、いくっ♥　あーっ、おまんこ、いいっ、きもひいいのっ。いく、いく、いくいくいくっ！　あ、ああ♥　もう、らめっ。あ、あっ、いくううぅ…‼」

全身が硬直したかと思うと、ぎゅっと目を閉じ、唇を引き結ぶ。

「んんんんんんんんんんんっ‼」

絶頂と共に、優姫のおまんこが強烈にチンポを締め上げ、ほとんど同時に私も達した。

「く……‼」

びゅくん。びゅるるるっ。どぷんっ、どぴゅっ、びゅるううる！

勢いよく精液がほとばしり、優姫の体内を満たしていく。

「あ、あっ、あああ……あは♥ ん、ふ……でてるぅ……おまんこに、いっぱい、ざーめん……だされて……ん、はあぁぁ……♥」

がくんっと脱力すると、優姫が私の胸に倒れこんできた。

「婚約者とのセックスと比べてどうですか？ 満足できました？」

「はぁ、はぁ、はぁ……ぁぁ……京弥さんとするの……嬉しくて、幸せだもの……あなたにされるのとは……違うわ」

そう言いながらも、優姫は気まずげに目を伏せる。

そうだろう。今の彼女は婚約者とのセックスで満足できるはずもない。

「そうですか。では、嬉しくて幸せな婚約者とのセックスと、気持ちのよい私とのセックス、どちらがいいのかわかるまで続けましょうか」

「え……？ わ、私……イッたわ……イッたから……」

「そうですね。でも、私はまだ満足していないですよ。だから、もうしばらく付き合ってもらいましょうか」

「え……あ……い、いや……もう、いや……許して……」

「許して……？　そんなこと思っていないでしょう？　優姫は、もっとセックスを続けたい。そうでしょう？」

「そんなことないわ。愛してもいない相手と、こんなことをしたいだなんて思ってないっ！」

「それは残念ですね。では、催眠をかけましょう。もっとセックスをしたくなるように、もっと気持ちよくなるように」

スマホを取り出す。今度は、優姫は視線を逸らさなかった。

「さあ、優姫。私が満足するまでセックスを続けてもらいましょうか」

「あ……そんな……いやぁ。あ……んんんっ」

優姫は泣き笑いのような表情を浮かべ、腰を振り始める。

「も、いや、いやなのっ。これ以上は……許して、これ以上気持ちよくなったら………あ、あ、はあぁ……♥」

否定の言葉を口にしながらも、優姫は再び高ぶっていく。

「愛してもいない相手と、嫌々しているセックスですから、気持ちよくなったりしませんよね？」

「それは……」

問いかけには答えず、優姫は視線を逸らして唇を噛みしめた。

「答えたくないのなら、かまいませんよ。でも……」

彼女と手をつなぐと、軽く体を引き寄せながら激しくおまんこを責め立てる。

「んぁっ♥ あ、あっ♥ だ、らめっ。うごかないれ……ひうっ、あ、あ……今、そんなにされたらぁ……んんん♥」

「いくら嫌がってもおまんこに射精されるまでセックスをやめられない。そうでしょう？」

そんな催眠はかけていない。だが、彼女は動きをとめない。それどころか、よりいっそう激しくしていく。

「んひっ、はぁ……腰、うごいちゃう……とまらない……おまんこ、感じちゃう……あはっ♥ ダメなのに……チンポ、いっぱいこすれて……あっ♥ ひうっ、んっ♥ んっ♥」

優姫は淫らなダンスを踊るように、腰を前後に揺らし、上下に振りたくる。

膣道がうねり、ペニスを締め付けてくる。

すっかり降りてきた子宮の入り口が、まるで亀頭にキスをするかのように吸い付いてくる。

熱く、蕩けるような快感。私は絶頂へと向かって高ぶっていく。

「く、そろそろ……いきますよ、優姫っ」

音を立てて腰を打ち付けるたび、優姫は体をくねらせ、腰をよじる。

「あっ、あっ、わらひ、また、いくっ、おまんこ、いっちゃう……い、いい♥ い、いくっ……あっ♥　あはっ♥」

「全部、おまんこに出しますよっ、受けとめてくださいっ」

「んっ♥　ああぁっ♥　ダメ、らめらめっ、おねがい、おねがいだからぁ、そとに、外に出してぇ……！」

「く、あああっ!!」

私はぐっと両手を握りしめ、衝動のまますべてを放出する！

びゅくん、びゅくっ。どぴゅっ、びゅるうううっ!!

「あ……でてる……あ、あ、あああああああああああああああああっ!!」

膣奥で射精を受けとめた優姫は、まるで電気が走ったかのようにびくんびくんっと全身を震わせる。

「ん……♥　あ、は……出てるぅ……あついの、たくさん……。ああ……京弥さん、ごめんなさい……他のひとのせーえきで……おまんこ、いっぱいにされちゃった……」

悲し気に呟く優姫の態度とは裏腹に、彼女のおまんこは最後の一滴まで絞りとろうとしているかのように、収縮しながらペニスを締め付けて離さなかった。

翌日から、私は以前のようにイライラすることなく過ごせるようになった。

あんなことはしたくない。二度としない。そう思っていたのに、催眠術で無理やり口マンコで奉仕させられることを、無理やりセックスされることを望んでしまう。

自分が淫らな女にされてしまったことを嫌でも実感してしまう。私の心が変わっていく。

変えられていく。あんなに恥ずかしくて最低なことを求めてしまう。

「ん、あ、は………あんっ♥」

ケツマンコに指を二本つっこんで、グリグリとかき混ぜる。

本来は排泄にしか使わない場所なのに、こんなに気持ちいい。

「おっ、んうっ、あ、くっ、はあっ、はあっ、んほっ、おっ♥ んっ♥ んんんっ♥ あ、あ、ケツマンコ、いい……！」

自分のものとは思えない、いやらしい声が漏れる。恥ずかしい言葉を口にすると、よりいっそう興奮してしまう。

ねっとりとした腸液が潤滑液の代わりとなって、指の動きが速くなっていく。

ぐちゅぐちゅと糸を引くような水音を立てて、私はケツマンコを激しく責め立てる。

「んあっ、あーっ、あっ♥ あくっ♥ い、おひり、熱いのっ。ケツマンコ、じゅぽじゅぽするの、いいっ……きもひ、いい……!!」

他人どころか、京弥さんにさえ見せられないような格好で排泄する穴を弄っているのに、どうしてこんなに気持ちいいのっ!?

嫌悪感を覚えながらも、私はケツマンコをよりいっそう激しく突き、擦り続ける。

「んうっ♥　あーっ、あくっ♥　い、いいっ、きもひい……いいのっ♥　んあっ♥　あ、ああっ♥」

次々と快感の泡が生まれては弾ける。

気持ちいいっ。気持ちいいっ。

おまんこから溢れ、糸を引いてとろりと滴る愛液がシーツの上に染みを作っていく。

気持ちよくてたまらない。もっと、もっと、もっと気持ちよくなりたい。このまま何も考えずに快感に身を任せたい。

「おっ、んおっ♥　おふっ♥　んあぁあ……！　あーっ、あ、あああ……い、いぐっ♥　けつまんこ、いくぅ……！」

自分のとは思えない、思いたくない淫らな声が止まらない。

「いくっ、いくっ♥　あーっ、ダメっ、も……もう、らめっ♥　あ、はああ……‼　いくいくいくぅっ‼」

体をくねらせ、お尻を振り、私は体を満たす快感に身を任せる。

「ふあああああああああああああっ‼」

ひときわ大きな声と共にケツマンコでの絶頂を迎える。

「はあっ、はあっ、あ、あっ、はああぁ……♥」

……また、しちゃった。

仕事を終えて家に戻って最初にするのがケツマンコでのオナニーだなんて……。

少し前の自分なら、そのことに疑問さえも覚えなかった。

昔からしていたことだと、それが京弥さんのためになることだと、そして誰もがする当たり前のことだと思い込まされていたから。

でも、今はその全てが作られた記憶だったことがわかっている。

そのことを思い出すと、たまらない不安に襲われる。這い上ってくる恐怖に、カチカチと歯が鳴る。

こうして考えていること全て、彼に操られているんじゃないか？　疑えば疑うほどに、今の自分が本当の自分なのかわからなくなってしまう。

全部を思い出すように言われ、事実そうなった。

けれど、私に催眠をかけていて、認識できないようにされていたら？

それを確かめる術は、私には無い。

「あの男に聞いてみようかしら」

答えてくれるとは思えないけれど、反応を見て確かめるくらいはできるはず。でも、そうしたらきっと……私はまたフェラチオを、それ以上に恥ずかしいことをさせられるに違いないのに。

私はあの人を嫌い、憎んでいたはずなのに、逆らえなくなってきている。

……話をするなんて悠長なことをしている余裕はないわよね。

はしたないこと。恥ずかしいことをするほどに、自分が『幸せ』を感じている。そのことが何よりも怖い。

このままでは、私が私でなくなってしまう。

これ以上、このままではいられない。いたらいけない。

催眠の影響から脱するために、手段を選んでなんていられない。早くどうにかしないと、私は――。


日曜日。学校の休みの日に、私はあの男を自宅に呼ぶことにした。

二人きりで会うリスクはあるけれど、京弥さんに時間をずらして来てもらえるようにお願いした。

相手の土俵である学校内で対峙するよりもずっとマシだと考えるしかなかった。

彼と関係を持つことを、彼の催眠に怯える日々を終わらせる。

これから自分がしようとしていることを考えると息が乱れ、手が震える。

ダメよ。ここで仏心なんて出したら、きっと一生このまま……いえ、今以上に状況が悪化していくだけ。

だから、これはしかたのないこと。彼が私にしたことへの報復。私自身の、私と京弥さんの未来を考えれば、他の道はないのだから。

そう決意をしたところで、玄関のチャイムが鳴った。

約束の時間の十分前。律儀な性格通り、少し早い時間に『彼』がやってきた。

「急に呼んだりして、ごめんなさい」

「いや、かまわないよ。少し驚いたけれどね」

馴れ馴れしい口調で話かけてくる目の前の男への嫌悪感を抑えこみながら、私は応えた。

「どうぞ、上がって」

「うん、お邪魔します」

まるで何度も来ていて慣れているみたいに、ほとんど遠慮する様子もなく部屋に上がってくる。

間取りを知っているみたいに迷うことなくリビングへ向かうと、ソファに腰をかけた。

「飲み物はお茶でいいかしら？」

「できれば珈琲にしてもらえるかな」

「……わかったわ。少しだけ待っててね」

図々しいわね。そう思いながらも、今は我慢の時だと自分に言い聞かせる。

「それで、どうしても伝えたい大切な話って何かな？」

「その前に見てもらいたいものがあるの。寝室へ来てもらえる？」

「寝室に……？」

「ええ。そこの左の扉よ。先に入ってもらえるかしら」

彼は私の言葉に疑うそぶりを微塵も見せず扉を開き、寝室へと入った。

「それで、優姫。見てほしいものって、何――」

「……えぇいっ!!」

グリップを両手でしっかりと握ると、振り返った男の頭部をめがけて、テニスのラケットを強く叩き付けた。

「がっ⁉」

小さくうめくと、彼が前のめりに倒れこんだ。

「はっ、はっ、はっ」

初めて人を傷つけた。まだ殴った時の感触が手に残っている。そのことを実感して、今になって両手が震えてくる。

でも、こうでもしなければ、催眠術の支配から脱することも、状況を変えることもできない。

「……死んだりしていないわよね？」

他人を傷つけたことへの強烈な嫌悪感を抑えながら、倒れている男の顔をのぞきこむ。目を閉じたまま動かない。鼻の下に指をかざすと息はしている。

気絶しているのよね……？

口から心臓が飛び出しそうなくらいに鼓動は激しいのに、まるで貧血を起こしているみたいに頭がクラクラする。

けれども、やるべきことがある。やらなければならないことがある。ここで倒れるわけにはいかない。

私は、倒れている男の両手足をしっかりと縛り、催眠術を使えないように、スマホを取り上げてから、しっかりと口をふさいだ。

あとは彼を待つだけ。あの人が来てくれれば大丈夫。二人がかりならば、きっと催眠術を解かせることもできるはず。

今まで通りに教師の仕事をして、京弥さんと過ごせる幸せな時間を取り戻すの。

決意を新たにリビングへ戻ると、彼を出向かえるための準備のために、私は服を着替えることにした。

「う……う？」

「目が覚めたようだな」

京弥は自分が動けず、まともに話すこともできない状況に気付いたのだろう。抗議するかのようにうめき声を上げた。

「ほれを、ろいへふれっ！　うひ、ろうひてこんらほほを!?」

「ごめんなさい、なんて言ってるかわからないわ。もっとも、あなたの言葉なんて聞く気もないけれど」

優姫は勝ち誇ったような笑みを浮かべ、冷たく言い放つ。

そんな彼女の姿にショックを受けたのか、京弥は目を見開いた。何しろ、最愛の婚約者に裏切られたのだ。当然の反応だろう。

「まさか私がこんなふうに反撃をするなんて、あなたは想像もしていなかったんでしょうね。催眠術で私を自由にして、言いなりにして、すべてが思い通りに進んでいた……そう考えていたんでしょう？」

「んぎ、はにをいっへるんふぁっ」

京弥が必死に声を上げる。

「残念だったわね」

「優姫、それくらいにしておいたほうがいい」

「ええ。そうね。ごめんなさい、京弥さん」

ぱあっと笑みを浮かべると、優姫はしっかりと私の腕に抱きついてくる。

「ふぎっ！　ひょうやは、ほぐだ！　ほいふは、られなんら⁉」

京弥は必死に彼女に問いかける。だが、その言葉は届かない。

「優姫、手が震えているじゃないか」

彼女の手を包みこむように優しく握る。

「え、ええ。自分のしたことが……怖くて」

「そうだね。ずいぶんと思い切ったことをしたものだ」

「自分でも驚いているわ。でも、これくらいのことをしないと、この男から解放されないもの」

「優姫、がんばったね。これでこの男が私たちの邪魔をすることはできない」

休日に自宅へ。そんな不自然な呼び出しに警戒をして、念のために私を婚約者だと思うように、そして京弥こそが憎むべき男だと見えるように認識を少し弄っておいた。

その結果がこれだ。

二人がかりで問い詰めてくるくらいは想定していたが、問答無用にテニスのラケットで殴りかかるとは予想もしていなかった。

もしも何も知らずにいたらと思うと、さすがにぞっとする。

「さて、ではこの後どうしようか？」

この後、憎むべき相手を前にして、優姫が何をしようとするのか、彼女がどう行動するのか確かめるために尋ねる。

「そうね……まずは催眠術のことを聞き出さないと。今も何かされているかもしれないわ」

「そうだな」

まさにその通りだと笑いを堪える。

「その後は『鷹槻』に連絡をしましょう。鷹槻さんや、芳谷さん、日樫さんも被害に遭っているはずだもの。あとは任せましょう」

自分で断罪をするかと思えば、あとは力ある家に任せるか。

確かにそうすれば手間もかからず、確実に対処をしてもらえるだろうな。

「なあ、優姫。他には何もないのかな？」

「何もって……？」

「私たちがどれほど愛しあっているのかを、この想いは何をしても揺るがないと、目の前の男にわからせてやりたくないか？」

そう言いながら、私は優姫を抱きしめる。

「そんなことしなくても、私はあなたのことを愛しているわ」

優姫は幸せそうにはにかむと、私に身を任せるように脱力した。

「うぎほ、ふぁなふぇー!!」

がたがたと暴れながら、京弥は憎しみに満ち満ちた眼差しを私に向けてくる。

「けれど、あいつは信じられないみたいだ。優姫、このところ君はセックスに満足していなかったようだし、ここで私たちが愛する姿を見せてやらないか？」

「え？　で、でも……」

「優姫は、私に抱かれたくないのかな？」

「そ、そんなことはないわっ。でも、あんな男の前でするなんて……」

「この男の前だから意味があるんだよ。それに、優姫だってそのつもりだったんだろう？　だって、そんなに扇情的な格好をしているんだから」

「え……？　わ、私、いつの間に……？」

優姫は、自分の体を見下ろして、驚きの声を上げる。

男を誘い、喜ばせるためだけの淫らな下着姿。彼女は自分がそんな恰好をしていることに『気づかない』でいた。

「それじゃ、しようか」

「ま、待って！　人に見られながらなんて……んんっ⁉」

強引に唇を重ね、乳房に触れた。

そのまま、舌を絡めながら胸を愛撫してやると、たちまち吐息が甘くなっていく。

「ん、ちゅ、ちゅむ、は……あむ、んっ♥　ちゅ、んふっ♥　ん、んん……」

「優姫、いいだろう？」

「もう……今日の京弥さん、なんだかとっても強引ね」

艶やかな笑みを浮かべ、優姫が私の胸にしなだれかかってくる。

「それじゃ、入れるよ」

「……ええ、来て。京弥さんのチンポ、私のおまんこに入れて……」

熱っぽく訴えると、優姫は足を開いて私のペニスを受け入れていく。

「ん、ふ……あ、はあぁぁ……♥　いい……このチンポ、このチンポが欲しかったの……気持ち、いい……」

優姫はうっとりと目を細め、甘い吐息をこぼす。

「ほんら……ゆぎ、ろうひて……」

絶望に染まる京弥に見せつけるように、ゆっくりと腰を使う。

熱く濡れた膣内をペニスが行き来するたびに、優姫は喘ぎ、自ら淫らに腰を使う。

「さて……それじゃ、次の段階にいこうか」

「んっ、んっ♥　あ、は……次の段階？　何を言ってるの、京弥さん……？」

私はスマホを取り出すと、優姫に見せる。

「これから、あの男がなにを言っても君にとっては、ただの戯れ言でしかない。私の言うことだけを信じるんだ」

「あなたの言うことだけ……信じる……」

虚ろな顔に笑みを浮かべ、優姫が頷く。

「優姫、目の前の男の口をふさいでいる布を解いてやりなさい」

「はい……京弥さんが言うなら……」

優姫が京弥の口枷を解く。

「優姫、どうして逃げないんだっ⁉　お前、優姫に何をしたんだ！　まさか、これが催眠術ってやつなのか⁉」

優姫の様子が尋常ではないことで、京弥も現状を理解をしたのだろう。

「そういうことだよ。さて、では……せっかくだ、婚約者であるキミも一緒に楽しんでもらおうか」

「な、何を……するつもりなんだ？」

顔を引きつらせ、京弥が私を睨み付けてくる。

「なに、一人だけ放置されているのはつまらないだろう？　キミはそこで私たちのセックスを見ながらオナニーでもしていればいい」

「な……⁉　そんなことできるわけがないだろう！」

「できるできないじゃなくて、するんだ」

スマホを京弥に向けて命令をした後、チンポを咥えこんだままの優姫が、彼の両手足の拘束を解く。

「そこに跪いてペニスを勃起させて扱きなさい」

「い、いやだ……やめ……やめてくれっ」

そう言いながらも、京弥は私の指示に従ってその場に跪き、オナニーを始めた。

「く、う……」

「そうそう、その調子だよ。ああ……でも、いくら扱いてもキミは絶頂できない。ただし、優姫が私に膣内射精をされたら同時に射精することができる。そして、その後は二度と勃起することもなくなる」

「え……？」

「さすがに酷いかな？　では、チャンスをあげよう。優姫が私の膣内射精を最後まで拒んだら、そうならない」

「な、何を言ってるんだ。何をするつもりなんだ!!」

「何、すぐにわかるさ」

「……京弥さん、どうしたの？　ねえ、早くぅ……」

私と京弥の会話が聞こえていないかのように、優姫がセックスの続きをねだる。

「すまない。じゃあ、続けるよ」

膣の形をなぞり、すべてを擦るようにゆっくりと腰を行き来させる。

「は、あ……ん、ふ……いい……気持ち、いい……」

「本当に、気持ちいいのかな？」

「ええ。ん、はあ……。京弥さんのチンポ、とっても気持ちいい……♥」

「そうか。でも……相手が私であっても？」

催眠を解除すると、幸せそうな笑みを浮かべていた優姫は、劇的に表情を変えた。

「え？　清瀬先生……!?　う、嘘よっ。だって、私……京弥さんと、あなたのことを……それなのに……」

「全部、幻覚ですよ。前にも体験したことがあっただろう？　私の催眠にかかった状態では、キミは現実と幻覚の区別がつけられないんだ」

「あ……学校の、高校時代の……」

「あの時と同じように、優姫の想像するように、優姫が考えたように幻覚を見せているだけだよ」

「じゃあ、そこにいる京弥さんは……」

「京弥？　彼には催眠をかけてここへ来ないように指示している。ここにはいないよ」

「優姫、そいつの言っていることは全部、嘘だ！　信じるな！　優姫、そいつは嘘を言っているんだ！」

「で、でも……」

「彼に何かを言われているようだね。それもすべて催眠術で作りだした幻だよ」

「そ、そうよね。こんなこと、ありえないもの。私のこんな姿を見て、ただチンポを扱いているだなんて、そんなことを絶対にしないわ」

「ああ。もしも本当に優姫の婚約者がこの場にいるなら、きっと自分の身も顧みずに助けにくるだろう？」

「え、ええ……そうね。そうよ。京弥さんはそういう人だもの。やっぱりこれは、ただの幻覚なのね。酷いわ。京弥さんのことを利用するなんて、本当に許せない」

そう言いながらも優姫は安堵しているのだろう。わずかに笑みさえ浮かべていた。

「優姫、優姫！　僕はここにいる。全部、現実なんだ！　僕も催眠術で操られているんだ。だからキミを助けられない。お願いだ、信じてくれ。全部、本当のことなんだ‼」

「やめてっ、やめてっ。京弥さんの姿で、声で、そんなことを言わないでっ」

「婚約者のことが気になるようだね。では、セックスでイけばいい。そうすればキミは現実に戻れる」

「……ええ。わかったわ」

私の言葉を信じたわけではないだろうが、優姫は再び自ら腰を使い始めた。

すっかりと馴染んだおまんこは、私のペニスを深々と咥え、うねるように収縮し、締め付けてくる。

「は、あっ、すごい……チンポ、奥までとどいてる……んっ♥　あ、はあぁぁ……♥」

「やめてくれ……やめてくれ、優姫。そんなこと、しないでくれ……！」

京弥は諦めずに訴え続けている。だが、優姫は止まらない。

さて、最後の仕上げといこう。

私が優姫を抱くのは、今日、この時が最後だ。

彼女には、さらに屈辱を、恥辱を、そして絶望と共に快感を与えてあげよう。

「はあ、はあ……い、いい……いくっ、もう……いくっ」

優姫はよりいっそうの快感をむさぼるように腰を使う。

「あっ♥　んあっ……い、いく、いくいく……あ、おまんこ、いく……！」

絶頂が近づいているのがわかる。だが、私はあえて動きをとめ、優姫の腰をしっかりと押さえた。

「んあ……？　ど、どうして……？　もう少しなの、あと少しでイケるのにぃ」

腰を揺すって不満げに訴える優姫に、私はスマホを見せた。

「え……なんで、今……？」

「優姫。君は自分の意思でセックスをやめられない。膣内に射精されるまで絶頂することができない。そして――これは幻覚なんかじゃない。今、目の前にいる京弥は本物だ。君の愛している婚約者だ」

　今、彼女にとっての事実を、その認識の歪みを解除する。

「う、そ……京弥さん……？」

「優姫、正気に戻ったのか……？」

「嘘、嘘、うそうそうそよぉおおっっ‼　これも幻覚なんでしょ⁉　前みたいに、催眠術のせいなんでしょ！　全部、嘘よねっ。嘘なんでしょ！　ねえ、嘘だって言ってよっ」

　目の前の現実を受け入れられない。受け入れたくないのだろう。

　それも当然だ。自分が愛する婚約者の目の前で、他の男に抱かれているのだ。

「優姫……全部、本当だ。僕も君も、そいつの催眠術で操られているんだ」

「あ………あ、あ……あああああぁぁ……うそぉ……こんなの、うそ、うそよ……いや、やだ、いやあぁ……‼」

　深い慟哭。疑い、否定し続けていたが、それでもこれが現実なのかもしれないと、どこかで考えていたのだろう。

「これも幻覚なんでしょ？　幻覚なのよね？　ねえ、そう言って……」

「残念だが、これが現実だ。キミは愛する婚約者の前で私とセックスをしているんだ」

「い、いやっ、いやああああっ‼」

　嫌がる優姫のおまんこを、今まで以上に激しく責め立てる。

「んうっ⁉　あっ♥　い、いやっ、今、動かないでっ、ダメ、ダメっ、あ、ああっ♥　んああっ♥」

繰り返しセックスをしてきたのだ。彼女がどうすれば感じるのかも、私にはよくわかっている。

彼女のおまんこを深く突き上げ、円を描くように腰を使う。

熱く濡れた肉壺をかき混ぜるのに合わせ、グチュグチュと淫らな水音が響く。

「さあ、優姫。自ら願うんだ。そうしたら、最高の快感を得られる。望んだ絶頂ができるぞ！」

催眠術を使えばこれくらいは簡単だ。しかし、今はそれでは意味がない。

重要なのは優姫が自ら望み、選ぶことなのだから。

「あ、あ……あああ……いえな……いえな……それだけは、ダメ、なの……ダメ、ダメ……あ、あっ♥」

案の定、彼女は私の提案を退けた。

だが、彼女のおまんこは、より深い快感を求めるようにうねり、ペニスをしめ上げてくる。

「じゃあ、ずっとこのままだ。どんなに望んでも、どんなに気持ちよくなっても、君は……絶対にイクことができない」

たぷたぷと揺れる乳房をすくい上げ、乳首を強くつまんで扱く。

熱く濡れた膣襞をカリで擦り上げながら、彼女の体が跳ねるほど強く、激しくおまんこを突き上げる。

「あっ♥　ああっ、ダメ、らめっ、これいじょ……きもちよくしないれ、がまん、できなくなるぅ、おまんこ、イキたくなっちゃ……あああっ♥」

「優姫、優姫、ダメだ。我慢するんだ。僕もがんばるから、だから、頼む、お願いだ、優姫！」

自らのペニスを扱きながら、京弥が優姫に訴える。

「きょ、や……さ……うん、がんばる……がまん、しゅる……んっ、きもち、いいの……私、がんばって……あ、ああっ♥　うごかな……や、あ……んんっ♥　んっ、んっ♥　あ、ああ……！」

いくら我慢をしようとしたところで無駄だ。

人は痛みには耐えられても、快感には逆らえない。

「そうか。では、こうしたらどうかな？」

膣内をかき混ぜながら、包皮から顔を出しているクリトリスに指を這わせる。

「ひいんっ!?　あ、や……そこ、ダメっ、クリ、弄らないで……あっ、あっ、いやぁぁ……♥　それ、ダメなのぉ♥」

拒絶の言葉とは裏腹に、優姫は甘い声を上げ、その顔をよりいっそう蕩けさせる。

彼女を追いこむように、敏感な突起を責め立てる。指の腹で押し込み、左右に転がし、つまんで引っ張る。

「も、やぁ……これいじょ……むりぃ……ごめ……ごめんなさ、きょうやさ……もう、もうっ、私、私……ダメ、なの……」

優姫は泣き笑いの顔を京弥に向ける。

「優姫……」

自分の婚約者の言葉を信じたくないのだろう。京弥は半ば呆然として優姫を見つめる。

「あー、あああぁ、イかへて……も、らめっ、おかひく、なるっ、なるのぉ……あ、あっ、イかせてっ、イかせてよぉっ！」

「だったら、どうすればいいのかわかるだろう？」

「あ、ああ……あああああ…………して…………私に……して……」

「それだけじゃわからない。はっきり言うんだ」

「おまんこに、だしてくださいっ。私の中に射精してっ。熱いザーメン、全部、全部、出してぇっ！」

「婚約者ではなく、私のものでいいのか？　妊娠するかもしれないのに？」

「いいのっ。もう、いいのっ。これいじょ、むりぃ……気持ちいいのがまん、できない。ごめんなさい、ごめんなさい、京弥さんごめんなさいっ」

目の前の男に謝罪をしながらも、優姫の腰の動きは止まらない。いや、それどころかよりいっそう激しく、大胆になっていく。

「ああ……優姫、優姫……もうやめてくれ、もう……許してくれ……」

京弥が涙をこぼしながら、自らのペニスを扱く。

「むり、むりなのぉ……こんなにきもひい……とまらないの、チンポ、チンポ、チンポ、気持ちいいのっ！」

楚々とした彼女が下品に喘ぎ、淫らに腰を踊らせる。

自分の大切な女性が他の男に抱かれ、穢されるほどに京弥の興奮が昂っていく。

「さあ、京弥。私が優姫の中にたっぷりと射精した瞬間、君は最高の幸せと共に、人生最後の射精をするんだ」

「いやだ……いやだ……やめてくれ、もう、そんな酷いことをさせないでくれ……」

「すまないな。私にとって、これは決して譲れないことなんだよ。家族のしてきたことを、君たちの生まれを恨んでくれ」

「らひてっ、おまんこ、ざーめん、たくさん、だしてっ、だひてぇえええっ！」

腰を激しく振り、膣内射精を求める。

「う、く……いいぞ。私も、そろそろ出そうだ……優姫、君は私が射精した瞬間、今までで最高の快感と共に絶頂する！」

「あああああ……！」

私の言葉を聞き、優姫が悦びに震える。

「んっ♥ あっ、あっ、はやくぅ……んんっ、あ、あ、あ♥ 出して、出して、しゃせーして、おまんこに出してっ！ んっ、んっ、あ、ああっ♥」

尻を淫らに踊らせ、体をくねらせる。

「ひうっ！ あっ、あああっ、んあっ♥ い、いくっ、いくいくっ、おまんこいくっ、いく……あ、ああっ……いっくぅううっ！」

ガクガクと全身を震わせ、絶頂へと向かって駆け上っていく。

「いいぞ。私の精液を受けとめて、イクんだ。ほら、もう出る……出すぞっ」

ぐっと、腰を密着させる。

亀頭を子宮口に押し付け、一気に射精した。

びゅっるるるるっ。どぴゅっ、どくっ、どぴゅっ、びゅく、びゅく、どぷうう……！

「んああああああああああああああああああっ!!」

絶叫と共に、優姫が達した。

「あ、あぁ……出てるぅ……おまんこ、いっぱいに……らされちゃってへる……」

迸る精液が彼女の膣内を満たしたのか、つながっている部分から逆流して溢れ出してくる。

「あ、ああ……う、くううっ」

私と優姫の絶頂を見て、京弥は情けなく喘ぎながら、床に向かって射精した。

「あ、は……ざーめん……たくさん、れてるぅ……♥　ん、はあ……せっくしゅ……きもひ、い…………ひやわせぇ♥」

優姫は壊れたような笑みを浮かべ、ぶるりと体を震わせた。


「優姫、キミは……あんな男と……」

「ち、違うわっ！　あれは、違うの！」

「何が違うんだ。最後は自分から……キミがそんな女だと思わなかったよ」

京弥は昏い目で、必死に訴える優姫を見つめている。

「ご、ごめんなさい、京弥さん。あんな、あんなこと、私が望んでしたわけじゃないのっ」

涙目で謝る優姫から、京弥が無言で顔を背ける。

「私が愛しているはあなただけなのっ。お願い、信じてっ」

「でも、君はさっき……あの男に抱かれて、あんな……」

「あれは催眠術のせいなのっ。催眠術をかけられたら逆らえないって、京弥さんだってわかったでしょう？」

「それは……わかっている。わかっているんだ。でも……」

「キミたちが本当に愛し合っているのならば、喧嘩なんてしていないで、今度は私に二人のセックスを見せつけたらどうだ？」

「あなたは、黙っていてっ！」

ヒステリックに叫ぶと、優姫が私を睨みつけてくる。

「やれやれ、善意からの提案だったんだがな」

「善意？　そんなものは欠片だってないくせにっ。あなたは私たちを弄んで楽しんでいるだけだわ！」

「ふむ。そう言われてしまえば、否定できないな。ではせめてものお詫びに、彼の本心を知るために手を貸すとしよう」

「な、何をするつもり……」

優姫は顔を引きつらせ、震える声で尋ねてくる。

スマホから音楽が流れると、優姫と京弥の瞳が完全に虚ろへと変わる。

「私――清瀬は、すでに立ち去った後だ。キミたちは和解をした。そして今から互いの愛を確かめ合うためにセックスをする」

「セックス……します……」

「そうだ。ここには君たちしかいない。いつも通りに、好きなようにするといい」

ベッドの脇にあったドレッサーの椅子に腰かけると、私はしばらく二人の行為を眺めることにした。

「京弥さん、私は……あなただけを、愛しています」

「僕だって優姫のことを愛している」

「お願い、京弥さん。あなたのチンポで、あんな男とのセックスを忘れさせて。私の全部、京弥さんのものだから」

優姫は京弥のペニスを取り出すと、愛おしげにキスをして、すぐに亀頭に舌を這わせていく。

「う……優姫……」

「京弥さん、きもひいい？　んむ……わらひの、くひマンコ……いっぱいに、ざーめんらひて……んっ♥　んふっ♥　んんっ♥　れる……じゅちゅ、じゅるるっ、ちゅぶっ、じゅううううっ!!」

私が教え込んだ技術を使い、優姫は京弥のペニスを舐めしゃぶる。

だが、彼のペニスは全く反応しない。

「ん、ふぁ……はあ、はあ……。どうして？　どうしてなの……？」

今にも泣き出しそうな顔をして、優姫はさらに必死にペニスを愛撫する。

「もういい。優姫、もういいんだ。やめてくれ。何をしても無駄なんだよ」

「い、いやっ。京弥さん、そんなこと言わないでっ」

たっぷりと唾液をまぶし、竿を扱きながら亀頭を舐める。同時に玉を揉みしだくが、それでも京弥のペニスはピクリとも反応しない。

「京弥さん、お願い……お願いよ、チンポを勃起させて！　ねえ、どうして硬くならないの？　なんでなの？」

優姫が涙まじりに叫ぶ。

「無理だよ、ごめん。優姫」

京弥は整った顔を絶望に染め、がくりと項垂れた。

「ああ……あああぁ……」

……ここだ。

快感と絶望。自らの思考を放棄し、心が無防備になる瞬間。

より深く、より強く、心に催眠を、暗示を刻みつけるために、私はスマホを手に取って二人へ向けた。

同時に表情が抜け落ち、視線から意思の光が消える。

「さあ、これが最後の催眠だ。今から私が言うことは二人にとっては一生忘れることができない、守るべきルールとなる」

虚ろな表情のまま、二人がそろって頷く。

「まずは京弥、君からだ」

ある程度の規模の会社を、個人で潰すなどというのは難しい。ならば彼と彼の家族にはしっかりと報復させてもらおう。

京弥は本家の長男一子だと聞いている。

ならば、優姫との――妻との間に子供ができなければ、後継を巡っての内部抗争が起きるだろう。

そのためにも彼には何があっても彼女との関係を継続してもらう。いくつかの制限を付けた上で、彼には『幸せな家庭』を作ってもらうとしよう。

そして、優姫には子供の頃からの夢を叶える手助けをするとしよう。これからも教職を続ける。ただし、普通とは違う『特別な授業』をする教師として。

エピローグ 新妻教師の幸福な未来

小さな頃からの夢。

学校の先生になって、みんなの悩みを聞いて、一緒に考えて、導く。新しいことを学び、今までとは違う世界を見てもらう。

それこそが教師の喜び。教師としての幸せ。

京弥さんとの結婚後も、このまま仕事を続けたいという望みを伝えたら、両親は強く反対をした。家に入ることこそが女の幸せだからと。

そして表立ってはっきりと否定されなかったけれど、京弥さんの両親も同じように考えているのは間違いなかった。

家と家のつながりを強化するために、婚姻関係を結ぶのがもっとも効果的だということはわかっていた。けれど、私は教師の悦びを、快感を、幸せを知ってしまった。

たしかに私は彼を愛している。結婚が嫌なわけじゃない。でも、今はもう教師を辞めようだなんて思えない。

結婚した後も教師を続けたい私と両親の話し合いは、どこまで行っても平行線だった。それでも粘り強く説得を続け、京弥さんも協力してくれたおかげで、どうにか続けていくことの許可をもらえた。それなのに——。

「お前は自分が何をしているのかわかっているのか！」

「言われなくてもわかっているわ」

「優姫、どうしてあんなことを……京弥さんのご両親も息子との結婚は絶対に許さないと、そう言っているそうよ」

「どうしてそんなことを言うのかしら？　この前まで、みんな私が教師を続けていくことを理解してくれていたのに」

「教師？　お前、自分がしていることが教師として相応しいと言いはるのか⁉」

「ええ。当然でしょう？」

顔を真っ赤にして怒鳴る父に戸惑いながら、私は応えた。

「な……⁉　優姫、お前は本気でそんなことを言っているのかっ‼」

「優姫、お願い。ちゃんと話を聞いてちょうだい。あなた、自分が何を言っているのかわかっているの？」

「もちろんわかっているわ。私は教師を続けたいと言っているだけよ」

「教師だ？　お前がしていることは教師でも何でもない！」

「子供の遊びだとでも言うの？　お父さんにはわからないのよっ」

「違う。そんなことを言っているんじゃない。それ以前の問題だ!!」

「それ以前……？」

父が何を言いたいのか、まったくわからない。

「なあ、優姫。どうしたんだ？　お前、自分がおかしなことを言っていると、本当にわからないのか？」

「おかしい？　何もおかしなことなんて、していないわ」

「あああ……。なぜ、どうしてなの……？」

私の返事を聞き、お母さんが泣き崩れる。

これ以上はいくら話しあっても、きっとわかりあえない。

「……わかったわ。じゃあ、私はこの家を出ていく。教師を続けながら、京弥さんと暮らしていくわ」

「京弥くんと……？　そんなことができると思っているのか？　彼だって、お前のしていることを知ったら――」

「全部、知っているわよ。学校でしていることはちゃんと話しているし、映像も見せているもの」

「京弥さんが知っている？　それでも、あなたと結婚すると言ってるの？」

「もちろんよ。彼は、私に教師の仕事を続けるべきだって言ってくれているわ」

「それは正気で言っているのか？」

「正気……？　失礼なことを言わないで。彼はお父さんたちのように、すぐに意見を変えたりしない。本気で応援してくれているわ」

「今のお前を応援……？　ありえない。優姫、自分のしていることが世間からどう見られるか、わかっているのか!!」

「教師は立派な仕事だわ。世間がどう見るかなんて関係ないでしょう？」

両親はまるで理解不能な化け物でも見ているかのような目を向けてくる。

「わかった。もういい。もう……お前のことは娘だと思わん。二度と家の敷居をまたぐことは許さん」

「そうするしかないみたいね」

私は立ち上がると、最後の挨拶として両親に頭を下げた。

「長い間、お世話になりました」


「優姫、どうだった？」

「両親には教師を辞めて、あなたとも別れろと言われたわ」

「そうか。僕のほうも同じだよ。優姫のことは忘れて、結婚相手は他の女性にしろと言われたよ」

「そうまでして『家』を守ることが重要なのかしら?」

「……そういうふうに考えているのかもしれないね」

私たちはそろって深いため息をついた。

きっと、私たちと両親たちとの考え方はどこかでズレてしまったのだ。今も、そして今後も二度と交わることはないだろう。

両親には祝福してもらえないとしても、私たちは自分たちの力で幸せになればいい。

「優姫。キミと一緒にいられるのなら、どんな暮らしでもかまわないよ」

「私も京弥さんと一緒にいられるのなら、もう家に戻る気もないわ。それに、きっとすぐに『二人』じゃなくなるわ」

「ああ、そうだな。楽しみにしているよ」

「ふふっ。ええ。たくさん子供を作って、幸せに暮らしましょう」

『鷹槻』ほどの影響力はないにしても、私の実家か京弥さんお家が学校に手を回すかと思ったけれど、それはなかった。

私は今も教師を辞めることなく続けている。

女教師に相応しく、体のラインがはっきり出るようなスーツを身につけるのも忘れていない。そのおかげもあってか、私は男子生徒たちから熱烈な支持を得ていた。

そして京弥さんは、私たちの実家に関わりのない会社に就職した。

毎日忙しいけれどやりがいはあるようで、楽しそうに仕事をしている。

慎ましやかだけれど、愛する人との満たされた暮らし。

もちろん、彼とはセックスどころか、フェラやキスさえもしていない。夫婦になるのならば心のつながりこそが大切で、体は触れ合う必要なんてないのだから当然だ。

それに『ただの』触れ合いならば、毎日たくさんの生徒たちとしている。

「……ということで、ここまでの授業でわからないことなどありましたら、いつでも質問にきてね」

「あ、じゃあ。先生、ちょっといいですか？」

授業が終わると同時に、競うように男子生徒たちがやってくる。

「俺も聞きたいことがあるんですけどー！」

「あ、てめぇ。俺のほうが先だろっ」

「順番だろ？　お前は三日前にも先生に質問してたろっ」

教卓の前に集まった男子たちは、今にもとっくみあいの喧嘩を始めそうだ。

「もう、そんなふうに暴れたりするのなら、質問は受け付けないわよ？」

「すみませんっ、もう揉めたりしませんっ」

「ボクも、ちゃんと言う通りにします」

素直で良い子たちね。こういうふうにすぐに自分の非を認めて謝ることができるのは、とても素敵なことだわ。

「さいてー。あんな色ボケした女がどうして教師やっているのかしら」

「ほんと。あんなのがいいなんて、男もバカばっかりだし」

「授業終わったんだったら、男子に媚びを売ってないで出ていったらどうですかー？」

教え子を男女で区別しているつもりはないのだけれど、女生徒たちからはまるで蛇蝎のごとく嫌われてしまっている。

それはとても残念だけれど、男子よりも女子のほうが繊細だし、難しい年頃だもの、しかたのないことよね。

「それじゃ、続きは進路指導室でしましょうか」

「よしっ。先生、何人まで大丈夫っすかっ⁉」

「ちょっと待ってね」

今日の予定を確かめるため、スマホに入れておいたスケジュール表を確かめる。

『進路相談』を予定しているのは一年生の戸須《とす》くんと、二年生の名元《なもと》くんと、三妻《みつま》くんの三人。

「あと二人なら、大丈夫かしら」

「じゃあ、俺が！」

「いや、俺が！」

「ボ、ボクだって先生に指導してもらいたいっ」

再び男子生徒たちが騒ぎ出す。みんな本当に熱心な生徒たちだわ。でも、放っておくと大変なことになるわね。

「……普段、あまり話ができない七沖《ななおき》くんと多嶋《たじま》くんにしましょう」

名前を告げた子とそうでない子の間で、はっきりと明暗が分かれた。選ばれた子たちはとても嬉しそうにしている。

「それじゃ、放課後になったら、進路指導室にきてね」


放課後になり、私は進路指導室で複数の男子生徒たちから『相談』を受けていた。

「ねえ、どんな悩みなのか、先生に聞かせてもらえるかしら？」

「ええと……『正しい女の扱い方がわからない』んですっ」

「あ……」

目の前の男子生徒——名元くんがそう言うと同時に、世界が変わったような錯覚《さっかく》を感じた。

「本当に、これでいいのか？」

「でも、なんか人形っぽい顔になったぞ？」

他に一緒にいた戸須くんや三妻くんたちが、不安げに何かを言っている。けれど彼らが何を言っているのかわからない。頭に入ってこない。何も、考えられない。

「先生……？」

「正しい女の扱い方を……教える……私のやること……」

「そ、そうです……教えてほしいんですけれど、ダメでしょうか？」

七沖くんや多嶋くんを始め、５人の男子生徒たちが不安げに私の様子をうかがってくる。

そう——教師なら、『相談』をしてきた生徒たちの相手をちゃんとしなくちゃ。

「……ごめんなさい。少しぼーっとしちゃっていたみたい」

心配させないように応えながら、私はこれから彼らに対して自分が何をすべきなのか、しっかりと思い出した。

この子たちがちゃんと女性と付き合った時に困らないように、キスや愛撫の仕方を、そしてチンポの使い方を教えてあげるのも、教師の仕事じゃない。

「それじゃ、誰から指導しようかしら？」

「おい、マジだよ」

「じゃあ、ボクがしますっ」

「いや、俺にやらせてくれよっ」

「ふふっ、大丈夫よ。何度でも付き合ってあげるから順番よ。そうね……まずは、初めての戸須くんからにしましょう」

そう告げて、私は戸須くんの膝の上に座ると、胸を押し付けるように抱きついた。

「せ、先生っ!?」

戸須くんが顔を真っ赤にして動揺している。

「ふふっ、どうしたのかしら？」

「ど、どうって……あの、ど、どうしてこんなことを……？」

「どうしてもなにも『悩みを聞く時は体を密着させたほうが話しやすいのは常識』じゃない」

「え？　そうなんですか？」

「ええ。そうよ。大丈夫、悪いようにしないわ。私に任せて……」

囁くように言うと、戸須くんはコクコクと激しく頷く。

「あなたの悩みを全部、吐き出させてあげる」

私は、彼の股間を撫でる。

「あら、やっぱりすごい悩みがあるみたいね。こんなふうにおっきくしているなんて」

ズボンの上からもはっきりわかるほど硬く勃起しているペニスの形をなぞるように指を這わせていく。

「それじゃさっそく女を扱う方法を教えてあげるわね。まずはキスのやり方からにしましょうか」

「お、お願いしますっ！」

ガチガチに緊張している戸須くんの頬に手を添えると、唇をそっと重ねる。

「ん……ちゅ……」

触れるだけのキス。

「あ、あの……綾織先生？」

拍子抜けという感じに、戸須くんがきょとんとした顔をする。

「焦らないで。今のは、キスの入門編よ。今度はあなたからしてみて」

「は、はいっ……先生っ」

「んっ、ふ……」

「ちゅ、れろっ、ちゅ、ちゅむ、んんっ、へんへぇ……れるれる、ちゅぱ、ちゅ……！」

軽く触れるだけって言ったのに、いきなり激しい。まるで水に飢えた犬のように、私の唇を舐め回してくる。

情熱的で激しいのは悪くないわね。でも、強引だけれど単調で、時々歯が当たって軽い痛みがある。経験不足なのはしかたないから、何度も練習するしかないわね。

「んっ、んぐっ⁉　ん、んっ、んぅ……ふぁっ、そんなに慌てちゃダメよ。優しく、しないと」

「ふぁっ、す、すみません……つい、我慢できなくて……」

「いいのよ。そのための指導だもの。じゃあ、次は少しいやらしいキスをするわね」

さっきと同じように唇を重ねると、今度は舌を伸ばして戸須くんの口内へと差し入れる。

「ん、ちゅ、れる、ちゅ……ん、んふ……こうひて、舌と舌を絡めたり……んんっ、お互いのくひのなか、なめらりしゅるの……ん、れる……ちゅ、ちゅく」

おずおずと伸ばされる舌を唇で挟んで扱いたり、舌を激しく絡めたりする。

「ん、は……キスだけじゃダメよ。ほら、ちゃんと女の子も気持ちよくしてあげなくちゃ」

彼の手を取り、自分の胸へと導く。

「うわ……めっちゃくちゃ柔らかい……」

「あ……はぁ……あまり力を入れすぎないようにして、優しく撫で……んっ、あ……」

「先生のおっぱい、おっぱい、すごいですっ」

手の平いっぱいを使って揉みしだかれると、つい甘い声が出てしまう。

「はあ、はあ……じゃあ、次はおまんこを弄りましょう」

「は、はいっ」

彼の膝に座ったまま足を開くと、戸須くんはすぐに股間へと手を這わせてくる。

「うわ……すごく濡れてる……」

「んっ、はあ……慣れていない子は、濡れにくいこともあるから、ちゃんと優しく愛撫をするのよ?」

クリトリスの弄り方や、尿道や膣口の触りかた。そしておまんこへの愛撫を丁寧に指導する。

「んっ、んあっ、い、いい……♥　上手よ、指を曲げたまま、おまんこの上のざらついているところを、擦って……んんっ、は、ああああ……!」

戸須くんの愛撫が激しくなると、指導を忘れて感じてしまう。

「先生、俺……もう、我慢できないです」

勃起したペニスが押し上げ、ズボンの前がピンと張り詰めている。

「はあ、はあ……そんなにしてると苦しいでしょう?　私も準備ができているから、ケツマンコに入れていいわよ」

「ケツマンコって……」

「大丈夫よ。いつでもできるように、ちゃんと綺麗にしているから」

「お尻じゃなくて、その……普通にしたらダメなんですか?」

「ええ。私のおまんこなんかであなたの大切な童貞を捨てさせるわけにはいかないわ。初めては、ちゃんと好きな人としなさい」

「そんなぁ……」

私の言葉を聞き、戸須くんはがっくりと肩を落とす。

私のマンコにチンポを突っ込めないだけなのに、そんなに落ちこむようなことかしら？

「そんな顔をしないで。ちゃんと私のケツマンコでセックスの時の腰の使い方は教えてあげるわ」

安心させるようにそう告げると、私は先走りでぬらつくチンポをしっかりと握り、亀頭を膣口に軽くあてがう。

「本当にセックスする時はおまんこ――この穴に入れるの。覚えておいてね」

「は、はいっ」

「いい子ね。じゃあ……今日はこっち、ケツマンコに入れるわよ」

お尻の穴にチンポを添えると、そのままゆっくりと腰を押し付けていく。

「う、あ、あ、あ……入ってく……先生のお尻の中に、俺の……く、うう……！」

お尻だなんて恥ずかしい言い回しを知ってるのは、やっぱり男の子だからかしら？

いくら指導とはいえ、そんな恥ずかしいことを言われると、少しだけ照れてしまう。

「ん、ん、そのまま、一気に奥まで入れて……ん、はあぁ……♥」

にゅるりと、深くチンポが入った。

「お、おおおおお……！　すごい、先生、気持ちいいっ」

「はぁ、はぁ……先生も、とっても気持ちいいわ。ねえ、戸須くん……そのままゆっくりと腰を揺すって」

「こ、こうですか……？」

直腸の全てをひっかくみたいに、ケツマンコの中をチンポが出入りする。

「んはっ♥　はっ、あっ、あっ、んあっ、いい……そうよ。そのまま、どんどん激しく……ケツマンコは、入り口の辺りが、気持ちいいから、浅いところで動いて……」

「わかりました！」

さすが男の子。すぐにコツを掴んだのか、私の感じるところを的確に責めてくる。

「うう……俺、我慢できないっす！　先生、俺も、俺も指導してほしいっすっ」

「んっ、んあっ、そ、そうね……じゃあ、あなたには……口マンコの、使いかたを、んんっ、教えてあげるわね」

「フェラっすか⁉」

「ええ。そうよ」

不慣れな女の子とする時のやり方は後で教えるとして、今は口マンコでイクことを知ってもらいましょう。

「最初は……んっ♥　あなたのその反り返ったチンポを、私の口マンコにつっこんで、好きにしていいわっ」

口を大きく開き、舌を突き出す。

「うわ……エロい。先生、めっちゃくちゃエロいっすっ」

私の指示したとおり、遠慮なくチンポをつっこんできた。

「んぐっ⁉」

喉奥を突かれ、かるく嘔吐く。彼はやり過ぎたと思ったのか、腰を引いてしまう。

「ん……まっへ。しゅひにひて、いいろよ……」

唇を締め付け、チンポに吸い付きながら、私は亀頭をベロベロと舐め回す。

「んっ、ちゅばっ、ちゅむ、れるるっ、ちゅ……ん、んふっ」

「うわ。すごい……チンポ、溶けそうなくらい気持ちいいっす……！」

「ケツマンコもいいけど……口も、そんなに気持ちいいのか？」

「あ、俺は前にしてもらったことあるけど、優姫先生のフェラってめちゃくちゃ気持ちいいぞ？」

「俺も早くしてもらいてー」

私のフェラチオを見て、待っている男子生徒の一人が前屈みになる。目を細めてそんな姿を見ながら、私はさらに激しくチンポを責め立てる。

「お……お、おお……そんなにされたら、出る……先生、出ちゃうっす……く、ううっ」

「ちゅぼっ、ちゅむっ、れるっ、らひて、いいろよ……れんぶ、のんれあげるはら……くひマンコ、いっはいにらひてぇ……！」

チンポに吸い付きながら、頭を激しく前後させる。

「はあ、はあ……すごい、先生のフェラチオ、めちゃくちゃ気持ちいい……！」

私の頭に手を置くと、自分から腰を使い出す。

「んぐっ、んぶっ、じゅるっ、んっ、んんっ、んぐぅっ、ん、んおおっ」

「くう……先生、出るっ！」

びゅるるるっ。どぷっ、びゅくううっ!!

「んんっ!?」

青臭く、ねっとりとした精液が口内を満たす。

「ごく、んく、こく……んっ、んふ……！」

「おお……先生が、俺のを飲んでるっす……」

「ほれらけじゃないはよ？　れろ、れるぅっ、ちゅ、れろ、れるっ、ちゅむ、ん……ちゅうっ、ちゅぱっ」

私はチンポを咥えたまま最後の一滴まで吸い上げ、綺麗に舐めて上げる。

「お、おお……吸われて……くっ、すげぇっす……これ、最高っす……」

陶然としている生徒の姿に満足しながらも、私の体はどうしようもなく疼いていた。

ああ……ほしい。熱くて硬いチンポをずぶりとおまんこにつっこんでほしい。でも本人が望んでいないのに、私とのセックスなんかで大切な童貞を奪うわけにはいかない。

「せ、先生。俺……アナルじゃなくて、ちゃんとしたセックスを先生としたいっ！」

「え……!?　ちょ、ちょっと待——んっ、あああああぁ………!?」

にゅるにゅるとチンポをおまんこに擦り付けてくる。

「だ、ダメよ……そんなの……そんなにされたら、あなたの童貞を、私のおまんこで奪いたくなっちゃうぅ……」

「いいですっ。先生、俺の初めての人になってくださいっ」

彼の初めての相手になる。そのことにゾクゾクとした悦びが生まれる。

「………わかったわ。じゃあ、そのまま……きて……おまんこに、あなたの硬くて大きなチンポをつっこんでぇ……！」

「先生……!!」

ずんっと、深い場所まで一気に満たされた。

「あ……♥　すご……ん、あああああああ……！」

「こ、これが……セックス。女の人のおまんこ……なんだ……」

「はあ、はあ……ん、チンポ、とっても素敵……ちゃんとおまんこに挿入できてるわ……んっ♥　さっき教えた通り、そのまま激しく動いて……！」

「は、はいっ」

戸須くんが私の腰に手を添えると、前後に動かし始めた。

「あっ、あっ♥　んあっ♥　い、いい……おまんこ、いいの……もっと、もっとチンポで擦ってぇ……♥」

すごいわ。こんなに硬くて、熱くて、激しく私を求めてくる。

「先生、俺も……我慢できないっ」

「ボクもしたいですっ」

横で待っていた七沖くんと、三妻くんが自分のペニスを扱きながら訴える。

「はあ、はあ……いいわよ。ケツマンコが空いているから、好きな人が入れてっ……んんっ、あ、は……他の子は手コキか、フェラで抜いてあげるからぁ……」

みんなが一斉に私の体に群がってきた。

ケツマンコにチンポが入ってくる。頬や胸にペニスを押し付け、擦りつけられる。先走りが肌の上にぬるぬるとした軌跡を残し、濃厚な男の匂いが鼻腔を満たす。

「ああ……こんなに激しく求められると……んっ、あ、は……教師として、女として、とっても嬉しいわ」

「先生、先生……！」

まだ3Pのコツを教えていないのに、前後でリズムを合わせるように私のおまんことケツマンコの中をチンポが出入りする。

「んあっ♥　あぁあっ、いいわっ、そうよ……交互に、そうやってチンポ、突き入れられると……んっ、とっても気持ちよく……ふぁあっ、あ、あぁあ……♥」

ちゃんと説明をしなくちゃ。そう思っているのに、口から出るのは甘い嬌声ばかり。

体が快感に反応して淫らにくねり、腰が小刻みに揺れる。

「あ、あっ、い、いい……おまんこも、ケツマンコもとっても気持ちいいわ……あっ♥　その調子よっ、もっと激しくしてもいいから、もっと奥まで……んあっ♥　ああ……!!」

全身に広がる甘い快感。私の指導でみんながちゃんとセックスをできるようになった喜びに心が満たされていく。

「うあっ。先生、俺……もう、もうっ！」

「俺も、イキそうだっ！」

「ボクも、もう……我慢できないよっ。先生、チンポ咥えてくださいっ！」

喘いでいる口に、硬く反り返ったチンポを突っ込まれる。

「んぐっ!?　ん、んっ、じゅちゅ、じゅるるるっ、ちゅぷっ、ちゅぱっ、ちゅぐ、んんっ」

裏筋に舌を這わせ、カリを擦り、口内のチンポを激しく舐めしゃぶる。

そうしている間に痛いくらいに勃起した乳首を引っ張られ、つねられ、チンポを擦りつけられる。ああ、もうダメ。こんな快感、耐えられない。

「んぷっ、んっ♥　ちゅぷっ、ちゅぐ、ん、んっ、ぷあっ、い、いく……も、私、いく……みんなのチンポで、いく、あ、あ、あああっ♥」

頭が真っ白になって、何も考えられなくなってしまう。

「あ、ああ、い…………………ひぐっ、あ、ああっ♥　んあああああああああああああああっ‼」

喉を震わせ声を上げると共に、全身が痙攣する。

「うあああっ」

「先生……くっ」

「ああああああっ、ボク、イクっ！」

生徒たちも同時に絶頂し、私の顔に、胸に、おまんこに、白く熱い迸りがかかる。

「あ、ああ……すごい、ザーメン、いっぱい……出てる……ん、ふ……」

私は絶頂の余韻に浸りながら、彼らの精液を受けとめる。

「みんな、とっても素敵だったわ……こんなに、気持ちよくできるなら、十分よ」

「はあ、はあ……先生、まだ……終わりじゃないですよね？」

「俺、まだ何もしてもらっていないですし」

「ボクだって、まだフェラしかしてもらってないですよ？」

彼らに対する指導としては十分なはずだけれども、まったく満足していないみたい。

若いって、とってもすごいわよね。

「ええ……大丈夫よ。みんなが満足するまで、ちゃんと『相談』にのるから」

私がそう言うと、再び彼らは私の前に硬くなったペニスを突き出した。


あれから数ヶ月。

私は未だにこの学校で一教師を続けている。

二度と両親のような不幸な出来事が起きないように、生徒たちを教え導いていくためだ。

世間を変えるためには一人の力では足りない。

勉強や運動を催眠を使って最高効率で行うことで、優れた能力を身に付け、私の考えに『賛同』してくれる生徒たちを増やしてく。

そうやって、毎年数百人の生徒を世間に送り出し続けることで、少しずつ世の中も変わっていくはずだ。

もちろん、それだけではなく、報復も続けている。

学校で生徒たちに献身的に尽くしている職員たち。そして学校の維持運営のために、多額の寄付をしている人間。

関わりは薄くとも、私の両親を追い詰めることに関わった者たちには、人生をかけて償ってもらっている。

そう……今、私の目の前で横たわっている彼女もその一人だ。

「綾織先生、今日もずいぶん熱心に指導をしていたようですね」

久しぶりに訪れた進路相談室は、空気に色が付いているかのような濃い性臭に満ちていた。床のそこかしこに精液が飛び散り、踏みこむのに躊躇いを覚えるほどだ。

「あ……はぁ……清瀬、せんせぇ……」

乳房を支えるだけのオープンカップのブラ。股間を全く隠すことのない穴の空いているパンツ。

普通の女ならば着ることを躊躇うような淫らな下着姿の優姫は、白濁で全身どろどろになっていた。

「今日は何人くらいの相手に『相談』をしていたんですか？」

「ん……六、七人だったはずですけれど、途中からよくわからなくなってしまって……」

さすがに疲れがあるのか、優姫は気だるげに体を起こしながら答えた。

「最近はいつもこんな感じになってしまって……みんなとても熱心で、私一人で相手をするのも大変なんです」

顔や胸元を汚す精液を指でかき集めると口に運ぶ。

「ん……すごく濃くて、とっても臭い……♥　こんなにたくさん『悩み』を吐き出しているから、終わるとみんなすっきりした笑顔で戻っていくんですよ」

「そうですか。それは良かったですね」

「ええ。教師冥利につきます。私の子供の頃からの夢でしたから」

彼女は今、昔のように……満たされているように見える。

「先生は、今、幸せですか？」

「幸せ……？」

私がそう問いかけると、優姫の頰をつうっと涙が伝う。

「あ……ら……どうしてかしら。急に……？」

自分がなぜ泣いているのかわからないのだろう。優姫は不思議そうに首を傾げる。

「どうかしましたか？」

「いえ、なんでもありません」

小さく頭を振ると、誇らしげに私をまっすぐに見つめる。

「夢だった教職について、毎日教え子に囲まれて、楽しくて気持ちいいことをたくさんしています。それに――」

優姫はすっかり大きくなっている自分のお腹を愛おしげに撫でる。

「子供もできました。これで、もう一つの夢だった京弥さんとの幸せな家庭を持つことができたんです」

そう、彼女は誰の種かわからない子供を妊娠していた。

「子供は、たくさんいたほうがいいですよね」

「はい。できれば、色々な男の人の子供がほしいんです」

彼女は迷うことなくそう答えた。

「そのためにも、おまんこをいつもザーメンでいっぱいにしてもらえるように、もっと『相談』をしっかりとするつもりなんですよ」

「そうですか、がんばってください」

これで、優姫とその夫である京弥――そして二人の家に対しての報復は終わった。

「ふふっ。がんばってだなんて、おかしいです。だって、私が望んで、こうしているんですから」

これから優姫は、京弥と二人で誰が父親かわからない子供たちを心から愛して育てていくことになる。

二人にとってはそれが当然で、当たり前のこと。

傍目には彼女の言う通りに幸せな家庭となるだろう。

「……これからも、彼とお幸せに」

「はい、ありがとうございます♪」

私の問いかけに、優姫は最高の笑顔を浮かべて応えた。

HARE
はれ

初めましての方、そしてお久し振りの方、HAREです。

今作は『報復催眠』を原作としてはいますが、
ゲームには登場していない、女性教師である
綾織《あやおり》優姫《ゆき》の話となります。

原作の学生３人組とは違い、すでに婚約者として
付き合っている男性がいる同年代の女性を相手に、
どのように報復していくのか？
少しでも楽しんでいただければ、嬉しいです。

そして、まだ『報復催眠』を未プレイで、
興味を持ってくださった方、ぜひともゲームのほうも
よろしくお願いいたします（宣伝）。

それでは、謝辞を。
いつもお世話になっております、編集のM様。
すばらしい挿絵を描いてくださったYUKIRIN様。
そして、何よりもこの本を手に取り、読んでくださった皆様。
ありがとうございます。

また、どこかで見かけたらよろしくお願いいたします。

2016年11月

オトナ文庫
報《ほう》復《ふく》催《さい》眠《みん》
新《にい》妻《づま》教《きょう》師《し》の寝《ね》取《と》り方《かた》

2016年 12月20日　初版第1刷 発行

■著　　者　HARE
■イラスト　YUKIRIN
■原　　作　extern

発行人：久保田裕
発行元：株式会社パラダイム
〒166-0011
東京都杉並区梅里2-40-19
ワールドビル202
TEL 03-5306-6921

印 刷 所：中央精版印刷株式会社

OB-046